달걀의 온기

김혜진 소설집

달걀의 온기

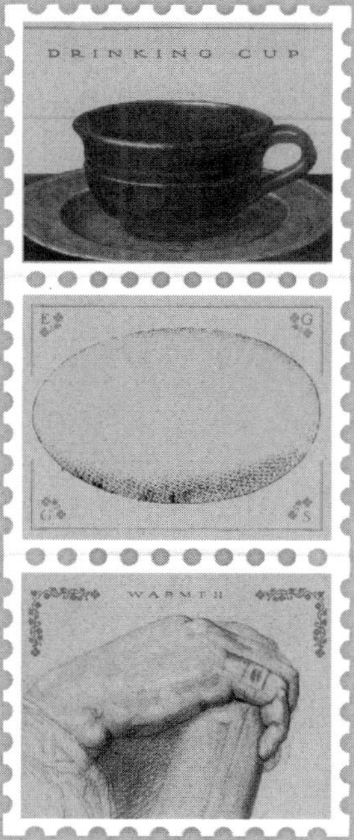

창비

차
례

관종들

7

빈티지 엽서

39

푸른색 루비콘

71

하루치의 말

105

우연의 직조

135

우리와 우리 아닌 것

171

달걀의 온기

201

해설 | 정주아   236

작가의 말   252

수록작품 발표지면   254

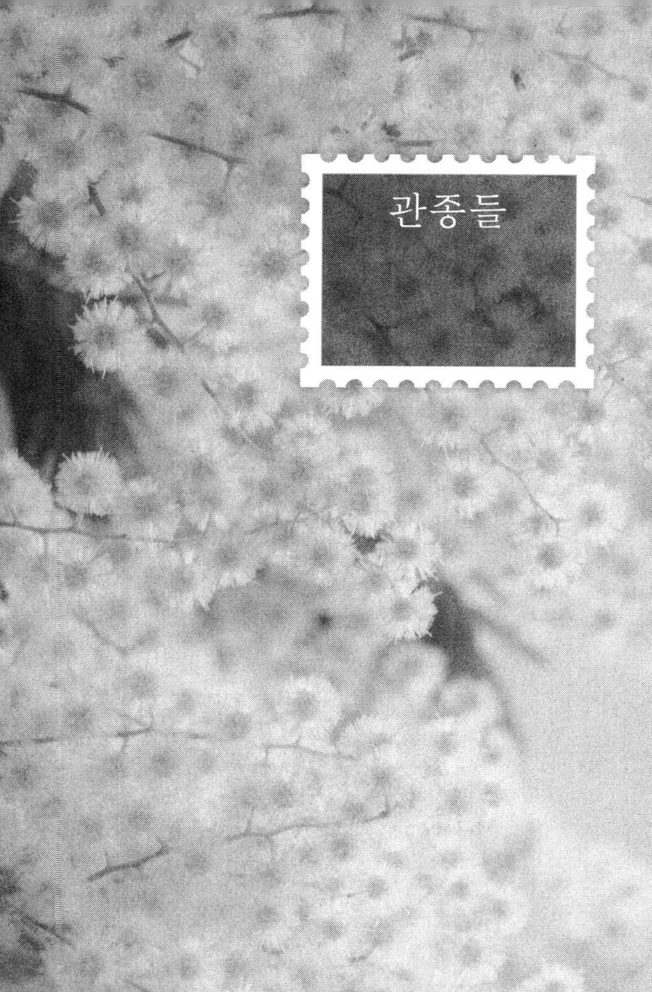

관종들

정해는 남편 영기에게 가져다줄 전복죽을 포장해 오는 길에 그애를 봤다.

추운 날이었다. 한겨울은 아니지만 제법 겨울이라고 할 만한 공기가 아파트 단지 내의 풍경을 빠르게 바꿔놓는 중이었다. 대여섯살쯤 되었을까 싶은 남자아이는 여름내 노인들이 점거하다시피 애용하던 팔각 정자에 누군가 두고 간 인형처럼 얌전히 앉아 있었다. 찌그러진 음료 캔, 지저분한 돗자리, 마른 낙엽 같은 것들과 나란히 놓인 아이의 모습이 이상한 방식으로 시선을 끌었다. 그건 날씨에 비해 가벼운 옷차림 탓인지도, 어쩐지 울적해 보이는 표정 탓인지도 몰랐다. 아니, 그건 정해의 성격 탓이 컸다. 그녀는 그런 사람을, 상황을 그냥 지나치지 못했다.

그러지 말아야 한다고 생각하면서도 정해는 아이에게

다가가 경쾌한 목소리로 말을 걸었다.

안녕. 뭐 하니, 여기서?

아이의 자그마한 코가 빨갰다.

누나 기다려요.

누나가 어디 있는데?

집에요.

집에? 그럼 집에 있지 왜 나와서 기다리니?

그 순간, 아이의 표정이 미묘하게 바뀌는 것을 그녀는 알아보았다. 아이는 대답하지 않았다. 말을 단속하듯 다른 쪽으로 시선을 돌리는 아이의 얼굴에 망설이는 기색이 어렸다. 그건 그녀의 착각일지도 몰랐다. 완강하게 입을 다문 아이를 간신히 관리사무소에 데려다주고 집으로 돌아왔을 때, 전복죽은 차갑게 식어 있었다. 정해는 냄비에 죽을 데우며(남편 영기는 전자레인지로 음식을 데우는 것을 싫어했다) 그 아이 생각을 계속하다가 하마터면 냄비를 태울 뻔했다.

애가 혼자 정자에 있었다고? 이 날씨에?

며칠 전 대장의 일부를 절제하는 수술을 받은 영기는 숟가락으로 죽을 맥없이 휘젓고 있다가 고개를 들었다. 평생 설비업자로 일한 그는 재주에 비해 늘 아쉬운 대우를 받았지만 불평하는 법이 없었다. 정해는 바로 그 점(소박함이라고 해야 할지, 아둔함이라고 해야 할지 알 수 없는)이 그의 삶을 고만고만하게 만들었다고, 더 높이 도약하지 못하게 만들었다고 여겼지만 그런 생각을 입 밖으로 꺼낸 적은 없었다. 뭔가를 수리하고 바로잡고 복구하는 일에서 그가 큰 희열을 느낀다는 걸 알았으니까. 함께 살기 위해서는 그가 그런 사람임을 인정할 수밖에 없었으니까. 한때 그에겐 뭐든 고칠 수 있다는 자신 같은 게 있었다. 그러나 죽 한 그릇을 앞에 두고 앉은 그에게선 이제 그런 기색을 찾아볼 수 없었다. 정해는 그가 잃어가고 있는 것이 다만 자신감 하나뿐인지 알 수 없었다.

그렇다니까.

그렇게 대답하며 정해는 베란다 쪽으로 고개를 돌렸다. 날은 저물어 있었다. 정해는 아이가 입고 있던 얇은 바지와 바지 아래로 드러난 발목, 구멍이 숭숭 뚫린 슬리퍼 같은 것들을 떠올렸고 미안함을 느꼈다. 아이를 떠넘기듯 관리사무소에 맡기고 돌아올 게 아니었다는 생각이, 뭔가 더 적극적으로 행동했어야 했다는 후회가 들어서였다.

관리사무소에 연락해봐. 누가 와서 애를 데려갔는지.

영기가 재촉했고 정해가 고개를 끄덕였다. 그럼에도 곧

바로 연락하지는 못했다. 아까 본 관리소 직원들의 냉랭한 태도 때문이었다. 그들 부부가 관리사무소 직원들과 껄끄러운 관계가 된 건 이미 한참 전이었으나 정해는 그 사실이 여전히 불편했다. 그럼에도 한시간 뒤에 결국 전화를 걸었고, 아이가 무사히 귀가했다는 답변을 들었다. 무사히? 어떻게? 누군가 아이를 데리러 왔는지, 그 사람이 가족이 맞는지, 아이가 집에 들어가는 걸 직접 봤는지 묻진 못했다. 그러면 다시금 유별나다거나 유난하다는 반응이 되돌아올 테니까.

애는 어떻게 됐어? 잘 들어갔대? 확실히 물어봤어? 제대로 확인했대?

잘 해결되었다는 답을 듣고서도 영기는 같은 질문을 반복했다. 정해는 말없이 고개를 끄덕이다 자리를 피해버렸다. 혹시 일어날지도 모르는 문제들을 그와 함께 줄 세우다보면 이 일을 관리소 직원과의 통화 정도로 마무리 지을 수 없으리라는 것을 알기 때문이었다. 그들은 불안을 나누는 데 익숙했다. 가정과 상상 속에서 상황을 비관적으로 몰아가는 데 능숙했다. 맞다. 그들 부부는 작은 문제를 크게 키우는 데 일가견이 있었다. 그건 정해의 언니, 정미가 한 말이었는데 처음에는 일종의 질책이라 여겼던 그 말을 정해는 더디게 수긍해나가고 있는 중이었다.

그들은 요주의 인물이었다.

삼년 전, 두 사람은 지어진 지 삼십년이 훌쩍 넘은 이 아파트로 이사 왔다. 그해에 딸이 음주운전으로 교통사고를 냈고, 이웃 하나가 그들 부부를 명예훼손으로 고소하는 일이 있었다. 돌이킬 수 없을 정도로 절망적인 상황은 아니었으나 문제를 해결하는 데 큰 비용이 들었고, 아슬아슬하게 유지되던 가계가 폭삭 주저앉았다. 그래서 눈발이 흩날리는 추운 날에 감행해야 했던 그 이사는 정해에게 아픈 기억으로 남아 있었다.

앞으론 우리만 생각하면서 살자고. 다른 사람들 신경 쓸 거 없이.

이삿짐센터 직원들이 돌아가고, 어수선한 집 안에 둘만 남겨졌을 때 영기가 그렇게 말했다. 피곤한 탓인지 목소리가 쉬어 있었다. 후회인지, 반성인지, 결심인지 모를 그 말의 의미를 정해는 바로 이해했다. 돌이켜보면 몰라도 좋았을 일들이, 모른 척 넘겼다면 좋았을 일들이 그들 부부에겐 많았다. 그런 일들에 간섭하고 참견하면서 잃은 것들이 많았다. 말하자면 두 사람은 그동안 잃은 것들을 냉정하게, 뼈아프게 셈할 수 있게 된 거였다.

그래야지.

정해는 망설임 없이 답했다.

그러나 두 사람은 그 말을 지키지 못했다. 잊은 건 아니었다. 다만 그 말을 지키기에는, 자신들의 삶만 신경 쓰고 살기에는 모른 척할 수 없는 일들이 도처에 널려 있었다. 그들은 문제를 제기했고, 시시비비를 따졌고, 목소리를 높이며 주변 사람들의 이목을 끌었다. 그래서 이전 동네에서처럼 이곳에서도 요주의 인물이 되고 말았다.

다음 날, 정해는 늘 이용하던 아파트 후문이 아니라 정문을 통과해 출근했다. 그 아이가 앉아 있던 팔각 정자를 지나가지 않기 위해서였다. 그녀는 그 아이로 인해 생겨난 불씨가 저절로 사그라지길 바랐다. 그녀가 관심을 기울이지 않는다면, 불씨를 키우지 않는다면 그렇게 될 것이었다.

그녀는 상가 건물 안으로 들어섰고, 온갖 물품과 잡동사니로 정리가 불가능해진 한평 남짓한 비즈 공방의 문을 열었다. 지난밤 대충 덮어놓은 비닐과 천을 걷어내고 공중에 매달아놓은 LED 전구를 켰다. 마트에 온 손님들만이 이따금 기웃거리는 그녀의 점포는 인기가 있는 편은 아니었지만, 그래도 그녀는 매일 뭔가를 만들었다. 쇠락

해가는 건물 안에서 하루하루 존재감이 옅어지는 자신의 점포를 유지할 방법이 그것밖에 없어서는 아니었다.

정해는 뭔가를 만드는 것이 좋았다. 이전에 없던 걸 만들어내는 과정은 수월하지 않았지만 순수한 기쁨을 주었다. 그건 자신과 아직 완성되지 않은 자신의 창작품 사이에 존재하는, 그녀가 독점적으로 향유하는 것이었다. 크기와 색깔이 다른 비즈들을 알맞게 배치할 때, 작디작은 비즈를 나일론 실에 꿸 때 정해는 도대체 누가 사갈까 싶은 철 지난 공예품을 만드는 사람이 아니라, 세상에 아직 없는 어떤 근사한 것을 창조하는 사람이 될 수 있었다.

언니, 고구마 맛볼래?

그녀가 작은 원형 테이블에 앉아 작업을 시작하려고 할 때, 옆 점포의 경아가 들어왔다. 곰돌이 캐릭터가 그려진 데님 앞치마를 매고서였다.

뭐야, 못 보던 거네? 새로 만든 거야?

그녀가 앞치마를 보며 묻자 경아가 답했다.

어제 한번 만들어봤어. 색깔이 좀 탁하지?

아니야. 색감이 고상하고 예뻐. 좋아.

진짜? 사람들이 좀 사가려나?

경아가 신이 난 듯 제자리에서 한바퀴 돌았고, 그 바람에 주변에 높이 쌓인 비즈 상자들이 쓰러질 듯 휘청거렸다.

두 사람은 비좁은 테이블에 마주 앉아 고구마를 먹으며 담소를 나누었다. 도무지 걷힐 기미가 없는 불황의 그림자, 그 속에서 분투하는 서로에 대한 격려, 나날이 터무니없이 느껴지는 목표 매상에 이르기까지. 특별한 건 없었다. 그건 두 사람이 거의 날마다 입에 올리는 화제였고, 시시하게 끝날 게 뻔한 하루를 시작하는 준비운동 같은 거였다.

어제 뉴스 때문에 그런가 기분이 계속 처지네. 언니도 봤지? 집에서 맨발로 도망 나왔다는 애. 아무리 그래도 그렇지 애를 어떻게 그렇게까지 굶겼을까. 진짜 세상이 요 지경이야.

경아가 자리에서 일어나며 그렇게 말했을 때, 느슨해져 있던 정해의 마음이 다시 팽팽해졌다.

뉴스? 그런 뉴스가 있었어? 누가 애를 굶겼대?

누구겠어. 부모겠지.

부모가 애를 굶겼다고?

대답은 듣지 못했다. 손님이 들어온 것을 보고 경아가 재빨리 자기 점포로 돌아갔기 때문이었다. 정하는 간식으로 챙겨 온 삶은 계란을 우물거리며 기사를 찾아보았고,

기사 아래 달린 댓글을 하나씩 읽었다. 믹스커피를 홀짝거리며 영상 속 아이의 모습을 골똘히 살폈고, 어디까지가 사실인지 모를 소문들을 찾아보기도 했다. 그래서 퇴근 무렵에는 그 정자에 다시 가보지 않고는 견딜 수 없는 상태가 되었다.

다행히 아이는 없었다.

정해는 혹시나 싶은 마음에 정자 주변을 크게 한바퀴 돌았다. 어쩌면 아이가 사람들의 눈을 피해 어딘가에 숨어 있을지도 모른다는 생각이 들었고, 그것이 고약한 보호자의 비밀스러운 지시가 아닐까 하는 의문이 피어올랐다. 그녀는 나무 기둥에 부착된 너덜거리는 경고문(비둘기에게 먹이를 주지 말라는 내용이 빨간색 매직으로 다소간 살벌하게 적혀 있었다)을 제대로 붙이고, 쓰레기를 태운 흔적 같은 것들을 발로 헤집어보았다. 머릿속에서 마구잡이로 떠오르는 불길한 추측을 떨치기 위해서였다.

다음 날도, 그다음 날도 아이는 그곳에 없었다.

정해가 아이를 다시 본 건 몇주 뒤 토요일 오후, 그녀의 머릿속에서 아이의 존재가 흐릿해져갈 무렵이었다. 복도에 내놓은 불법 적치물 문제로 703호 남자와 언쟁을 벌인 그녀가 작정하고 관리사무소로 걸어가던 길이었다. 멀리 그 아이의 뒷모습이 눈에 들어왔다. 이번엔 누군가와 함께였는데, 다가가자 남자아이보다 네댓살 많아 보이는 여자아이가 그녀를 빤히 쳐다보았다.

안녕. 뭐 하고 있니, 여기서?

그녀가 묻자 여자아이가 되물었다.

그건 왜 물어보는데요?

날이 춥잖니, 감기 걸리겠다.

그렇게 말하며 그녀는 아이들의 차림새를 훑었다. 아이들이 입은 점퍼는 소매가 짧아 팔목을 다 가리지 못했고, 구멍이 숭숭 뚫린 투박한 슬리퍼도 바람을 막기엔 역부족으로 보였다. 그녀의 시선이 며칠 감지 않은 듯한 아이들의 기름진 머리칼을, 길게 자라난 아이들의 손톱을, 어딘가 주눅이 들어 있는 것 같은 아이들의 표정을 조심스레 오갔다.

우린 안 추운데요.

여자아이가 새침하게 대꾸했고 남자아이가 그 말을 따라 했다.

안 추운데요. 우리는!

정해는 아이들 곁에 자리를 잡았다. 그러면서 703호 남자를 잠깐 떠올렸다. 복도에 내놓은 잡동사니를 치워달라고 벌써 몇달째 요청하는데도 남자는 요지부동이었다. 처음엔 형식적으로라도 미안한 기색을 내비치는가 싶더니 어느 순간부터는 뭐가 문제냐는 식으로 나왔다. 바로 옆집도 아니고, 복도 맨 끝 집에 사는 당신이 도대체 무슨 상관이냐는 거였다. 그녀는 공손한 태도로 복도가 공용 공간이라는 점을 강조하며 관련 법령을 설명해주었다. 화재가 날 경우 이런 적치물들이 얼마나 위험한지에 대해 이야기할 땐 어떤 비극적인 상황들이 눈앞에 펼쳐져서 잠깐씩 말을 멈춰야 했다. 남자의 언성이 높아졌고, 705호 신혼부부가 밖으로 나왔다. 엘리베이터를 기다리던 사람들이 그녀와 남자를 흘끔거렸고, 결국 경비원이 올라왔다.

709호 분, 그만하시죠. 그 정도 하셨으면 됐어요.

그리고 경비원이 그녀를 향해 말했다. 흡사 호통이라도 치는 듯한 목소리에 성가셔하는 기색이 고스란히 드러났다. 그 말은 자신이 아니라 703호 남자가 들어야 하는 말이었다. 그 순간, 그녀는 목소리를 낮추려는 노력을 그만두었다. 703호 남자와 경비원, 705호 신혼부부까지, 정해는 네명을 상대로 도돌이표 같은 대화를 이어가다 관리사무소에 정식으로 항의하겠다는 말을, 이번에는 기필코 이문제를 해결하겠다는 말을 선전포고처럼 남기고 나온 길이었다. 그러나 자신만만함은 순식간에 잦아들고 다시금 미심쩍은 마음이 올라오고 있었다.

자신이 유별난 게 아닐까 하는 생각. 문제는 바로 자신이 아닐까 하는 생각.

이런 일은 그녀에게도 쉽지 않았다. 좋아서 하는 일도 아니었다. 주변 사람들과 얼굴을 붉혀야 하는데다 거기서 비롯된 얼마간의 미안함과 자기의심을 감당해야 하는 일이기도 했다. 그녀는 지금 자신이 하려는 이 일, 누구도 관심을 갖지 않는 이 적치물을 철거하고 말고 하는 데에 시간과 에너지를 쏟는 일이 과연 가치가 있을까 하는 생각을 했다. 자신을 위한 것도 아니고 남들도 반기지 않는 이런 일은 이젠 진짜 그만해야 하지 않을까 하는 생각도 했다.

이름이 뭐니?

그녀는 아이들을 돌아보며 물었다.

서민아, 서민우? 예쁜 이름이구나. 누가 지어준 거야?

질문을 이어가는 동안 정해는 그럼에도 불구하고 이건 누군가는 반드시 해야 하고, 할 수밖에 없는 일이라고 스스로를 다잡았다.

점심은 먹었어? 누구 기다리니? 관리사무소에 가서 기다릴까? 여긴 좀 추운데.

아니요. 거긴 안 가요.

대답은 주로 여자아이 민아가 했고, 남자아이 민우는 졸린 듯 눈을 비빌 뿐 말이 없었다. 그러다 잠시 대화가 끊어졌을 때, 민우가 잠꼬대하듯 물었다.

아줌마, 근데 지금 몇시예요?

두시 이십분. 왜, 이제 가려고?

아뇨. 아빠가 올 거예요, 좀 이따가.

그래? 아빠를 기다리는구나. 아빠가 어디서 오시는데?

집에서요.

아이의 말대로 잠시 뒤 추리닝 차림의 남자가 자전거를 끌고 나타났다. 그가 멀찌감치 서서 아이들에게 손짓하자 아이들이 조용히 자리에서 일어났다. 그러니까 아이들이 반가운 기색을 보였더라면, 아빠라고 소리치며 뛰쳐나갔더라면 정해는 그 남자에게 다가갈 생각은 하지 않았을 것이었다.

안녕하세요.

정해는 어쩐지 주저하며 걷는 듯한 아이들을 뒤따라가 남자에게 말을 걸었다.

아, 예.

남자가 건성으로 답한 뒤 확인하듯 아이들을 번갈아 보

았다. 누워 있다가 나온 듯 뒷머리가 납작하게 눌려 있었다.

애들이 아빠를 얌전히 기다리는 게 기특해요. 애들이
귀한 시대인데 둘씩이나. 키울 때야 고생스러워도 다 키
워놓고 나면 든든하죠. 나도 딸이 하나 있는데 언제 이런
시절이 있었나 싶어요.

남자가 고개를 까딱하고 자리를 뜨려고 했으므로 정해
는 마음이 급해졌다.

참, 내 정신 좀 봐. 이거 내가 직접 만든 건데 아들 하나
씩 줘도 되죠? 대단한 건 아니고 애들이 귀여워서. 내가
공방을 하거든요.

정해는 가방을 뒤적여 샘플용으로 가지고 다니던 팔찌
몇개를 꺼냈다.

아니요, 됐습니다. 괜찮아요.

남자는 그렇게 대꾸했지만 막상 정해가 민우의 손목에
팔찌를 끼워주자 하는 수 없다는 듯 그 자리에 멈춰 섰다.
정해는 아이들에게 어울릴 만한 팔찌를 골라주는 척 시간
을 끌며 계속 말했다. 질문이기도 하고 혼잣말이기도 한
말들. 대답을 들을 수도, 듣지 못할 수도 있는 말들. 소득
이 전혀 없지는 않았다.

그날 밤, 잠들기 전에 정해는 그 일을 영기에게 털어놓

왔다.

오늘 정자에서 그 꼬마애 봤어. 누나랑 같이 있데. 우리 바로 뒷동에 사는 것 같아. 애 아빠가 데리러 왔더라고.

멀리서 휘파람 소리 같은 자동차 경적이 높이 솟아올랐다가 가라앉았다.

날도 추운데 왜 애들을 자꾸 거기 둔대. 한번 물어보지 그랬어. 정신 나간 놈.

그건 못 물어봤어. 다음에 만나면 물어볼까? 집에서 나온 차림이던데. 왜 거기서 아빠를 기다리고 있을까? 집에서 기다려도 될 텐데. 이상하지?

이상하고말고.

잠시 말이 끊어졌고 어디선가 물 떨어지는 소리가 났다. 몸을 일으킨 건 영기였다. 그가 싱크대 수전을 잠그고 돌아와 다시 자리에 누웠다. 사락거리는 이불 소리가 그치고 다시금 주변이 고요해졌다. 정해가 말했다.

하긴 사정이 있는지도 모르지.

무슨 사정?

모르지. 다들 사정이 있잖아. 우리도 그랬고.

그 말을 하면서 정해는 호경을 생각했다. 하나뿐인 딸. 성장하는 동안 자신에게 이런저런 실망과 아픔을 주었지

만 지금처럼 술에 취해 인생을 허비하듯 살게 될 거라고
는 생각지도 못했던 자식. 영기와 옥신각신하면서 마침내
딸의 이름을 정했을 때, 수많은 글자 중 클 호와 별 경이라
는 글자를 골랐을 때, 그녀가 상상한 딸의 미래는 이런 것
이 아니었다. 그녀는 그 이름이 딸에게 버거웠던 게 아닐
까 생각하곤 했다. 그 이름에 담긴 부모의 염치없는 기대
를, 뻔뻔스러운 욕심을 딸이 본능적으로 알아차렸던 게 아
닐까 하고. 그런 생각은 한순간 딸의 삶을 망친 게 바로 자
신이라는 죄책감으로 돌변해 그녀를 짓누를 때가 많았다.

사정은 무슨. 그래서 호미로 막을 일을 가래르도 못 막
는 거야. 무슨 일이 있나 한번 살펴주는 게 뭐가 어려워
서. 일이분도 안 걸리는 일을.

영기는 거기까지 말하고 입을 닫았다. 그러곤 저쪽으
로 돌아누웠다. 정해는 그가 딸을 떠올리고 있음을 알았
다. 아니, 고작 열살이던 호경이 버스 차고지 주변을 기웃
거릴 때에, 버스 광고판에 붙은 캐릭터에 정신이 팔렸을
때에 그곳에 있었던 이름도, 얼굴도 모르는 사람들을 원
망하고 있음을 알았다. 누군가 그애에게 관심을 가졌더
라면, 조심하라고 일러주는 사람이 하나라도 있었더라면.
호경은 버스에 치이는 사고를 피할 수 있었을 것이고, 윈

쪽 다리를 절게 되지 않았을 것이고, 술을 먹고 운전하는 실수는 저지르지 않았을 것이며 자신을 돌보지 못한 부모에게 복수하듯 일년에 한두번 얼굴을 보여주는 일조차 못마땅하게 여기진 않았을 것이었다. 말하자면 그녀는 그가 그런 말들을 가만히 억누르고 있음을 알았다. 그런 건 그냥 알게 되는 거였다.

그러게. 어려운 일도 아니지.

정해는 그렇게 대꾸했고, 어둠 속 영기의 뒷모습을 바라보다가 눈을 감았다. 규칙적인 숨소리가 오갔지만 두 사람 모두 서로가 깨어 있다는 걸 느낄 수 있었다. 어쩌면 그들은 그런 식으로 대화를 나누고 있는 건지도 몰랐다. 캄캄한 적막 속에서 차마 소리 내어 할 수 없는 말들을 하고, 듣고, 나누고, 새기고, 복기하면서.

그래서 세번째로 그애들, 민아와 민우를 만났을 때 정해가 경찰을 부른 건 충동적인 행동이 아니었다. 그사이 날은 더 차가워져 있었다. 땅거미가 지는 오후, 정자 앞에 쪼그리고 앉아 돌멩이를 만지작거리고 있는 아이들은 이전보다 상태가 나빠 보였다.

안녕, 또 만났네?

정해가 인사하자 아이들이 제자리에서 벌떡 일어났다.

추위 탓인지 둘 다 얼굴이 하얗게 질려 있었다. 그녀는 돼지고기와 양파, 호박과 버섯 등이 담긴 묵직한 장바구니를 내려놓고 정자 한쪽에 걸터앉았다. 그러곤 바람떡 한 팩을 꺼내 보란 듯 떡 하나를 집어 먹었다. 떨이로 싸게 구입한 것이었고 영기가 좋아하는 간식이었다.

하나 먹어볼래?

그녀의 물음에 민아가 되물었다.

먹어도 돼요?

그럼. 꼭꼭 씹어 먹어. 마실 게 없으니까.

아이들은 뭘 얼마나 만졌는지 알 수 없는 손으로 떡을 집어 입으로 가져갔다. 그녀는 떡 한 팩을 무섭게 먹어치우는 아이들을 보는 데 정신이 팔린 나머지 민우의 팔목에 난 상처를 바로 알아보지 못했다. 엄마와 동생을 기다리고 있다는 민우의 말이 끝나고, 일하러 간 아빠가 일요일에 온다는 민아의 설명이 이어지고, 다시 민우가 무슨 말을 하려고 만세 하듯 두 손을 번쩍 치켜들었을 때, 어딘가에 긁히거나 덴 것 같은 붉은 상처가 그녀의 눈에 들어왔다.

팔목에 그거 뭐니? 다쳤어?

그녀가 물었고 민우가 답했다.

네.

어쩌다가? 병원엔 다녀온 거야?

몰라요. 그냥 보니까 이렇게 됐어요.

어디 보자.

민우의 가느다란 손목을 쥔 순간, 그녀는 생각했다. 이 애들을 이대로 그냥 둘 순 없겠다고. 그건 캄캄한 적막 속에서 영기의 뒷모습을 바라보던 그 밤에 몰래 다짐한 것이기도 했다. 그녀는 112에 전화를 걸었고 십분쯤 지나 두 명의 경찰이 왔다. 아이들의 엄마로 보이는 사람이 유아차를 끌고 나타난 것도 그즈음이었다. 차양막 탓에 유아차에 탄 아기의 모습은 보이지 않았다.

무슨 일이에요?

여자가 느릿느릿 유아차를 밀며 다가와 그보다 느린 말투로 물었다. 잠에 취한 듯 나른한 목소리였다.

이 애들 보호자세요?

경찰 한 사람이 묻자 여자가 답했다.

네. 제가 엄마예요.

날이 추운데, 애들이 길에 있다는 신고가 들어왔어요.

네? 애들은 길에 있으면 안 되는 건가요?

정해는 몇 걸음 떨어진 곳에서 그들이 대화하는 모습

을 지켜보았다. 여자가 신고자의 정체를 따져 묻는다면, 아이들이 곤란해지는 상황이 온다면 기꺼이 나서겠다고 생각하면서. 그동안 자신이 목격한 아이들의 모습이 얼마나 위태로웠는지 털어놓겠다고 다짐하면서. 그러나 제대로 조사를 할 줄 알았던 경찰은 그 아이들을 어쩐지 디덥지 않아 보이는 엄마와 함께 그냥 보내버렸다.

이래도 되는 건가요?

멀어지는 그들을 보며 정해가 묻자 경찰 둘은 뭐가 문제냐는 듯 정해를 바라보았다.

따로 조사를 해야 하는 거 아니에요?

그렇게 되묻고 나서야 경찰 중 하나가 대수롭지 않게 답했다.

조사할 만한 사안은 아니어서 귀가 조치했어요. 별일 없을 겁니다.

어느새 아이들의 모습은 보이지 않았다. 경찰들이 돌아가고 날이 완전히 저물 때까지 정해는 그곳에 남았다. 누군가는 이 짧은 소동에 관심을 보일 거라고 생각하면서, 경찰이 되돌아올지도 모른다고 생각하면서. 그런 일은 일어나지 않았다. 그것이 그녀의 불안을 부추겼다.

이튿날 오후, 정해는 인근 지구대를 찾았다.

영기와 함께였다. 두 사람은 폭행 시비가 붙은 한 무리의 대학생들이 나갈 때까지 기다렸다가 형광 조끼를 입은 경찰에게 다가가 자초지종을 설명했다. 정해가 잠깐씩 말을 멈출 때마다 흥분한 영기의 목소리가 끼어들었다. 두 사람의 말은 자주 부딪히고 엉키고 꼬였다.

어제 신고를 한번 하셨다고요?

잠자코 듣던 경찰이 그렇게 묻더니 누군가와 짧게 전화 통화를 나누었다.

출동해서 확인한 사항이라 별일 없을 겁니다. 혹시 애들이 또 나와 있거나 하면 그때 다시 알려주세요.

두 사람이 들은 대답은 그게 다였다. 정해는 아이들이 감금되어 있을지도 모른다는 말은 하지 않았다. 애들을 때리고 굶기는 부모가 있다는 말도 하지 못했다. 그녀는 그애들이 아직 어리다고, 그래서 걱정된다는 말만 했다. 그리고 영기가 감정적인 말을 본격적으로 쏟아내기 전에 그를 떠밀다시피 하며 그곳을 나왔다.

이후 두 사람은 지구대를 다시 찾지 않았다. 그애들도 만나지 못했다. 그러나 그 일을 그냥 지워버리지 않았다. 그들은 아이들을 생각하고 불안과 걱정을 나누는 데 시간과 마음을 썼다. 그건 정해가 출퇴근길에 정자를 일부러

지나가는 것처럼, 영기가 산책 삼아 잠깐씩 정자 근처를 배회하는 것처럼 그들이 할 수 있는 최소한의 일 중 하나였다. 최소한의 일. 그들은 자신들이 신경 쓰는 다른 문제들도 똑같이 대했다. 그건 선을 넘지 않는다는 의미였다.

그래서 누군가 현관문에 쪽지를 붙여둘 거라고는 예상하지 못했다. 눈 예보가 있던 아침, 현관문을 열자 얼음처럼 차가운 바람이 쏟아져 들어왔고 목도리에 얼굴을 파묻은 탓에 정해는 하마터면 그 쪽지를 발견하지 못할 뻔했다.

—관심도 지나치면 병입니다. 다른 사람들의 사생활과 생활 방식을 존중하는 법을 배우세요. 참는 것도 한계가 있습니다!

노란 포스트잇에 적힌 글씨는 모두 왼쪽으로 비스듬하게 기울어져 있었는데, 군데군데 잉크가 번진 자국이 남아 있었다. 그녀는 주변을 살핀 뒤 쪽지를 떼어 호주머니에 넣었다. 그 일에 대해 입을 연 것은 영기와 저녁을 먹은 뒤 나란히 소파에 앉았을 때였다.

누가 붙인 거야?

영기는 구깃구깃한 쪽지를 만지작거리며 물었고 정해가 되물었다.

누구 같아?

그들이 그런 종류의 쪽지를 받은 게 처음은 아니었지만 이번엔 달랐다. 고소니 고발이니 하는 원치 않는 일들에 휘말리면서 그들은 선을 지키는 법을 충분히 배웠다고 생각했다. 두 사람은 자신들의 최근 행적을 더듬었고, 유쾌하다고 할 수 없는 몇몇 이웃과의 언쟁을 떠올렸고, 자신들의 태도와 말투를 점검했다. 사생활이나 생활 방식을 언급할 만한 사안은 없었다. 의논하고 절충할 문제도 아니었다. 두 사람이 제기하고 요구한 문제에는 정답이 분명히 존재했다.

사생활과 생활 방식을 존중하는 법?

정해가 혼잣말하듯 그 문장을 되뇐 건 그 때문이었다.

존중 좋아하네. 존중받을 짓을 해야 존중을 하지.

영기는 괘씸하다는 듯 쪽지를 도로 건네주고 티브이 화면으로 고개를 돌렸다.

혐의는 모두에게 있었다. 그 쪽지의 주인은 수개월째 복도에 적치물을 방치하고 있는 703호 남자일 수도, 주차장 한쪽에 온갖 폐품을 쌓아놓고 버티는 509호 여자일 수도, 베란다 난간 위에 위험천만하게 화분들을 올려놓은 삼층 여자일 수도 있었다. 정해는 쪽지를 내려다보며 중얼거렸다. 사방이 온통 적이라고. 상식도 예의도 없는 무뢰배들에 둘러싸여 있다고.

그애들 생각은 하지 않았다. 쪽지의 주인이 그애들의 부모일 수 있겠다고 생각한 건 며칠 뒤, 편의점 앞에서 그애들을 다시 만났을 때였다. 크리스마스를 며칠 앞둔 날이었고, 정해가 수술 후유증에 시달리는 영기를 데리고 병원에 다녀오는 길이었다. 아이들은 알록달록한 뽑기 기계에 정신이 팔려 있었는데, 여전히 구멍이 숭숭 뚫린 슬리퍼를 신고 있었다.

안녕, 오랜만에 보네?

그렇게 인사를 건넬 때 정해의 가슴이 무섭게 뛰기 시작했다. 미안함인지, 불안함인지, 두려움인지 모를 감정 탓에 그녀의 표정이 굳어졌다.

아, 이 애들이구먼.

몇 걸음 뒤에 서 있던 영기가 다가와 아이들과 눈을 맞추었다. 그리고 편의점 문이 열리며 여자가 나왔다. 애들은 길에 있으면 안 되는 거냐고 경찰에게 되묻던 여자. 행동에서, 말투에서 무신경하고 둔한 성격이 배어나오던 여자. 그애들의 엄마였다.

안녕하세요.

여자는 정해의 인사를 받을 생각이 없어 보였다. 그 대

신 아이들을 단속하듯 가까이로 부른 뒤 두 사람을 보며
물었다.

지난번에 경찰에 신고한 분 맞죠?

정해는 여자에게 한 걸음 다가섰다. 그것이 악의가 아
니라 선의에서 비롯된 행위임을 말하기 위해. 그러나 여
자는 다가오지 말라는 듯 한 손을 들어 보이며 말했다.

그날 우리 애들이 거기 있었던 건 그럴 만한 사정이 있
어서예요. 그런 것까지 말할 필요는 없겠지만 아무튼 이
유가 있었어요. 그러니 부탁드릴게요. 저희 애들은 저희
방식대로 잘 돌보고 있으니 마음대로 판단하지 말아주세
요. 정말 부탁합니다.

공격적인 말투는 아니었다. 분노가 느껴지는 목소리도
아니었다. 그러나 집으로 돌아와 식탁 앞에 앉았을 때 정
해는 그 아이들에 대한 염려가, 그들 부모에 대한 의혹이
말끔히 걷히지 않았음을 알아차렸다. 영기도 마찬가지였
다. 두 사람은 어쩐지 겁에 질린 것 같은 두 아이의 표정
을, 자신들이 목격한 미심쩍은 점들을 하나씩 열거하기
시작했다. 그건 그들이 그냥 지나치면 꺼져버릴 불씨를
커다랗게 키우는 방식이었다. 해가 질 무렵, 두 사람은 다
시금 뭐든 하지 않고는 견딜 수 없는 상태가 되었다. 그러

니까 저녁식사 전에 정해가 근처 지구대에 전화를 건 건 얼마간 예정된 수순이었다. 정해는 그애들이 또 길 우에 있었다고, 슬리퍼를 신고 있었다고 말했지만 아동학대라는 단어는 언급하지 못했다.

그녀가 그 단어를 소리 내어 말한 건 며칠 뒤 두 사람의 집을 방문한 언니 정미 앞에서였다.

영기의 병문안 겸 김장김치를 전해주러 온 정미가 안부를 물었을 때, 정해는 김치를 플라스틱 통에 차곡차곡 포개 넣으며 703호 남자에 대해 이야기했고, 김치 조각 하나를 맛보며 삼층 여자에 대해 말했다. 그애들에 대해 말한 건 그 이후였고, 그애들의 부모가 미덥지 않은 이유에 대해서는 시시콜콜 설명하지 않았다. 정미는 고가를 끄덕일 뿐 이렇다 할 대꾸가 없었다. 그리고 집을 나설 때, 엘리베이터 앞까지 배웅 나온 정해를 보며 나지막한 목소리로 물었다.

정해야, 다른 사람들 심기를 건드리면 좋아? 다른 사람들이 불행하다고 생각하면 마음이 좀 나아?

질책하는 말투는 아니었다. 오히려 자신을 바라보는 정미의 얼굴엔 근심이 가득했다. 근심을 넘어 침통해 보이기까지 하는 정미의 시선을 정해는 피해버렸다. 예민하게 반응하고 싶지 않아서였다. 그건 이웃과의 분쟁으로 정미에게 몇 차례 돈을 빌린 적이 있어서도, 그 돈을 여태 다 갚지 못했기 때문도 아니었다. 뭐랄까. 찰나였지만 정미의 그 말이 자신 안의 뭔가를 건드린 것 같았다.

나는 모르겠다. 사는 게 여유 있지도 않은데 어떻게 그렇게 남들 사는 거에 줄기차게 관심을 가질 수 있는지. 너도, 제부도 살아봐서 알겠지만.

정미는 무슨 말을 더 할 것처럼 입을 열었으나 아무 말도 하지 않았다. 엘리베이터 문이 열리자마자 안으로 들어가 바로 닫힘 버튼을 눌렀다. 정해는 그 자리에 서서 층수가 낮아지는 엘리베이터 표시판을 올려다보았다. 그러다 정신을 차린 듯 복도 난간으로 다가갔고, 건물을 빠져나가는 정미의 작은 머리통이 나타나자마자 큰 소리로 외쳤다.

원래 손가락질하는 건 쉬워. 언니처럼 말하는 건 쉬운 일이라고. 무슨 일이든 터지고 나서 후회하면 무슨 소용이야! 안 그래?

정미는 듣지 못한 것 같았다. 정해는 정미의 은색 승용차가 주차장을 빠져나가는 것을 지켜보았고, 703호 남자가 복도 한쪽에 쌓아놓은 상자들을 노려본 뒤 집으로 돌아왔다.

12월 마지막 날에 오겠다던 호경은 오지 않았다. 시끌벅적한 타종 행사 방송을 지켜보는 내내 두 사람은 딸에 대한 이야기는 한마디도 꺼내지 않았다. 그 순간엔 각자의 기다림을 모른 척해주는 것이 서로에게 해줄 수 있는 유일하고 중요한 책무 같았다. 서른세번의 타종이 이어지는 동안 그들은 지난해와 다를 것 없는 소박한 바람을 품었고, 짤막하게 서로를 격려했다. 그런 식으로 어쩐지 한 해 한해 앞으로 고꾸라지는 것만 같은 서로의 마음을 일으켜 세워주었다.

그래서 다음 날, 현관문에 적힌 낙서를 발견했을 때에 두 사람은 크게 놀라지 않았다. 지난밤 나누었던 격려와 위로가 서로에게 얼마간 힘이 되어준 것 같았다.

이봐, 잠깐 나와봐.

이른 아침, 밖에서 자동차 도난 경보음이 울렸고 그것을 확인하러 나간 영기가 정해를 불렀다. 그녀가 싱크대 앞에서 대파를 다듬고 있을 때였다.

왜? 무슨 일 있어?

그녀가 밖으로 나오자 영기가 현관문을 가리켰다. 문고리 바로 위에 색연필인지 립스틱인지 모를 뭔가로 쓴 빨간 글자는 아이의 글씨 같기도, 어른의 필체 같기도 했다.
두 사람은 나란히 서서 그 단어를 말없이 바라보았다. 관
종들. 언젠가 어디선가 들어본 말이었고, 그래서 낯설지
않았으나 정확히 무슨 뜻인지 알 수 없었다. 그럼에도 좋
은 의미가 아님은 직감할 수 있었다.

지우지 말고 놔둬야 할까?

한참 만에 정해가 물었고 영기가 답했다.

놔둬야 하고말고. 그래야 범인을 잡지. 이따가 관리사
무소에 한번 가보자고.

그때 그쳤던 도난 경보음이 다시 울리기 시작했다. 정
해는 주차장 쪽으로 고개를 돌렸다. 아니, 그녀가 보는 건
맞은편 아파트 건물이었다. 그 아이들이 사는 곳. 그녀는
그 아이들의 부모를 떠올리고 있었다. 불안이, 걱정이 계
속 그곳으로 향했고, 정해는 바로 그 점을 그애들의 부모
를 의심할 만한 타당한 근거로 삼았다. 다른 이유는 필요
없었다. 그걸로 충분했다.

정해는 이 일을 적당히 넘기지 않겠다고, 사소한 의혹
도 무시하지 않겠다고, 끝까지 지켜보겠다고 마음먹었다.
새해였으니까. 그건 지난해에도, 지지난해에도 그녀가 목
표로 삼은 일 중 하나였다. 한다고 하는데도 늘 모자라다

고 느껴지는 일 중 하나이기도 했다.

한참 만에 도난 경보음이 멈추었다.

들어가, 일단 들어가자고.

영기가 현관문을 열 때 두 사람의 눈이 마주쳤다. 정해는 그가 자신과 같은 생각을 하고 있음을 알았다 그런 건 그냥 알게 되는 거였다.

빈티지 엽서

빈티지 엽서

노래가 끝나고 다음 노래가 시작되기 전의 짧은 정적 속에서 무심코 거울 쪽으로 눈을 돌렸을 때, 그녀는 그 사람과 눈이 마주쳤다. 어딘가 수줍어하는 듯한 그 눈빛은 그녀의 눈과 만나자마자 놀란 듯 다른 쪽으로 달아나버렸다. 그녀는 육중한 스미스 머신 안쪽에서 이리저리 몸을 움직이는 그 남자를 잠깐 돌아보았지만 그에 대해 오래 생각하지 않았다.

그녀는 고춧가루를 생각하고 있었다. 어젯밤 남편이 지나가는 투로 한 말 때문이었다.

고춧가루를 한번 수입해볼까? 돈이 꽤 된다는데.

저녁 여덟시 정각에 시작한 뉴스가 거의 끝나갈 무렵이었고, 티브이에 시선을 고정한 남편의 말은 거의 혼잣말에 가까웠는데 묘하게 맘에 걸렸다. 화요일 오후, 그녀가 이렇게 헬스장에서 느슨한 시간을 보내는 동안 남편은 그 일, 그러니까 고춧가루를 수입하고 판매하는 과정에 대해 집요하게 파고드는 중인지도 몰랐다. 아니, 지나칠 정도로 철저한 예비 조사가 얼추 끝나고 해봐도 좋겠다는 결론에 다다랐는지도 몰랐다. 어느 쪽이든 그녀에겐 부담 스러운 일이었다.

그녀는 그가 새로운 일을 벌이는 걸 원치 않았다. 그가 벌이는 일들이 터무니없거나 허술하거나 망할 거 뻔해서 는 아니었다. 오히려 그 반대였다. 그는 매사 빈틈없이 준 비했고, 무서울 정도로 성실했고, 그래서 한번 시작하면 끝을 낼 줄 몰랐다. 그는 그런 사람이었다.

그녀는 거울 속 자신의 모습을 점검한 뒤 그곳에 있는 대부분의 사람들처럼 운동이라고 할 만한 것을 시작해보 려고 했다. 그러나 오늘 처음 입고 온, 그러니까 며칠간 인 터넷 쇼핑몰을 기웃거리며 고심하던 끝에 구입한 새 레깅 스의 색감이 어쩐지 그녀를 주눅 들게 했다. 휴더폰 화면 상에선 은은한 와인색으로 보였던 그 레깅스는 검은색이 나 남색에서 벗어나 약간의 화사함을 갖고 싶다는 그녀의 욕망을 점잖은 수준에서 만족시켜줄 것 같았으나, 실제로 는 그렇지 않았다. 색깔은 거의 핑크에 가까웠고 묘하게 광택을 품고 있어 조명이 닿을 때마다 번쩍거리는 듯한 착각이 들 정도였다.

이거 사용하시는 건가요?

누군가 다가와 그녀가 앉아 있는 벤치를 가리켰다. 그녀는 얼른 자리에서 일어나 조명이 덜 닿는 안쪽 자리로 이동했다. 그런 후엔 가볍게 스트레칭을 한 다음 두 발을 어깨너비만큼 벌리고 몇 차례 무릎을 굽혀 앉았다가 일어났다. 스쿼트를 하고 있었지만 거울 속 자신의 움직임은 정확한 자세와는 거리가 멀어 보였다. 무릎이 앞으로 나가지 않도록 조심하는 동안엔 허리가 굽었고, 허리를 굽히지 않으려 애쓰면 발뒤꿈치가 뜨는 식이었다.

그렇게 하면 무릎 다칠 수도 있어요.

그때 누군가 말을 걸었다. 파란 반바지를 입은, 그러니까 아까 전 거울 속에서 눈이 마주친 그 남자였다. 그녀는 놀랐고 당황스러웠지만 약간은 반가운 마음도 들었다. 그곳에서 대화를 주고받는 사람이 없는 것은 아니었지만, 그런 유의 사람은 처음이었다. 그런 유의 사람. 그는 운동을 제대로 익혔고 정석대로 몸을 움직일 줄 아는 사람처럼 보였다.

아, 그런가요? 정말 자세가 엉망이죠?

그녀는 그렇게 물으면서 혹여 자신의 목소리에서 운동에 관한 노하우를 얻게 될지도 모른다는 기대감이 지나치게 드러난 것은 아닐까 걱정했다. 남자는 그런 그녀의 마음을 알아본 것처럼 가까이 다가와서 친절하게 몇 차례 시범을 보였다.

그게 다가 아니었다.

러닝화는 쿠션이 있어서 발바닥에 힘주는 게 어려워요. 바닥이 납작한 신발을 신으시면 도움이 될 거예요.

남자는 신발에 대한 유용한 정보를 주었고,

여기 벽 앞에서 연습해보실래요? 무릎이 앞으로 나가는 걸 막을 수 있거든요.

올바른 자세에 도움이 될 만한 정보를 일러주기까지 했다. 친절하고 고마운 사람. 그녀는 생각했다. 시간이 지나 그가 일종의 버릇처럼 운동이 서툰 사람들에게 이런저런 동작을 알려준다는 것을, 그런 행위에서 얼마간의 만족감과 우월감을 느낀다는 것을 어렴풋이 짐작하게 된 이후에도 그 생각은 달라지지 않았다. 그녀가 받은 것은 도움이 분명했고, 그가 무슨 생각을 하고 있는지는 별개의 문제였다.

삶에서 사소한 정을 주고받는 일이 점점 드물어진다는

생각을 그녀는 자주 했다.

이전엔 언제 어디서나 경험할 수 있었던, 그래서 흔하고 사소해 보였던 그런 일들이 어떻게 이렇게 다 사라져버렸을까, 생각할 때도 있었다. 그런 생각은 시장 입구의 상가 건물, 그녀와 남편이 벌써 십오년째 꾸려가는 자전거가게(판매보다는 수리를 통해 얻는 수익이 훨씬 컸다)에 있을 때 특히 더했다.

오래전부터 그들 부부는 자전거 타이어에 공기를 주입할 수 있는 펌프를 가게 바깥에 내놓았다. 누구든 무료로 사용하라는 의미였다. 선의이자 잠재적 고객들을 위한 서비스의 일종이었던 이 행위를 모두가 고맙게 여긴 건 아니었다.

한번은 동호회 회원으로 보이는 대여섯명의 사람들이 한꺼번에 몰려와 자전거 타이어에 바람을 넣고는 가게 앞을 가로막은 채 떠날 생각을 하지 않았다. 오분을 기다리고, 십분을 더 지켜본 다음 그녀가 가게 밖으로 나가 점잖게 눈치를 주었을 때 그들은 퉁명스럽게 대꾸했고, 저희끼리 무슨 말인가를 주고받다가 기분 나쁜 얼굴로 자전거를 몰고 사라졌다. 누군가 스치듯 했던 말, 생색이라거나 유세라거나 하는 말은 오래도록 그녀의 머릿속을 떠나지 않았고, 비슷한 옷차림의 사람들을 마주할 때마다 되살아났으며, 그녀가 누군가에게 베풀었을지도 모르는 선의와 친절을 차단해버렸다.

호스를 거의 내던지다시피 하며 자리를 뜨는 사람이 있었고, 일회용 음료 컵을 버려두고 가는 사람이 있었다. 사용법을 모르나 싶어 다가갔다가 눈치를 준다는 오해를 사기도 했고, 공기 주입비를 자전거 가격이나 공임비에 과도하게 추가하고 있다는 소문을 듣기도 했다.

이런 일련의 일을 통해 그녀는 친절과 선의가 완성되는 데에는 두가지 조건이 있음을 배웠다. 주는 사람과 받는 사람. 친절과 선의는 있는 그대로 주고 있는 그대로 받을 수 있는 두 사람 사이에서만 유효했다. 그렇지 않을 경우 오염되고 변질되고 공중분해 되면서 자신 혹은 상대를 다치게 만드는 경우가 허다했다. 그러므로 그것들은 누구나 쉽게 주고받을 수 있는 것이 아니었다. 그것들은 취약하고 위험하고 다루기 까다로운 것이었다.

그녀는 그 '무료 서비스'를 철회하고 싶었으나 그럴 수 없었다. 일부 사람들의 무례함에 노여워하고 괘씸해하면서도 남편이 그것을 그만두는 걸 원치 않아서였다. 그는 그런 서비스가 있으니 사람들이 한번이라도 더 오는 거라

했고, 그렇게 오다보면 뭐든 돈을 내고 살 일이 생길 거라
고 했다. 반은 맞고 반은 틀린 말이었지만 그녀는 반박하
지 않았다. 남편은 그녀의 진심 어린 충고나 걱정 같은 걸
그대로 받을 줄 모르는 사람이었으니까. 두 사람의 말이
서로에게 온전히 가닿는 경우는 드물었다. 상대에게 도달
하기 전에 방향을 틀고 변형되면서 두 사람 사이에 가느
다란 실금을 남길 때가 많았다.

며칠간 그녀는 파란 바지의 남자가 알려준 대로 벽 앞
에서 스쿼트를 연습했다. 잘되진 않았다. 그럼에도 무엇
이 잘못되었는지 어렴풋하게나마 인지하게 되었다는 점
에서 미약하지만 기분 좋은 성취감을 느낄 수 있었다.

남자를 다시 만난 건 몇주 뒤였다.

오후 네시 삼십분. 자전거가게에 손님이 뜸한 시간. 그
녀가 운동을 핑계로 당당하게 일터를 벗어날 수 있는 한
시간의 절반이 벌써 지나가는 중이었고, 헬스장 한쪽에서
그녀가 자신을 다잡듯 거울을 보며 자세를 점검하고 있을
때였다.

안녕하세요. 연습 많이 하셨어요?

그 남자였다. 못 본 사이 그의 피부색은 햇볕에 그을린
듯 전체적으로 짙은 구릿빛이 되어 있었고, 그 덕분에 팔

다리의 잔근육들이 도드라졌다. 그러나 그녀는 그런 말은 입 밖으로 꺼내지 않았다. 이따금 주변 사람들에게 놀라움을 안기는 자신의 눈썰미가 어떤 불필요한 오해를 불러오는 걸 피하고 싶어서였다. 자신이 반가워하는 기색(그것이 그녀가 생각하기에 적당한 수준이더라도)을 내보이는 건, 그래서 마치 만남을 고대한 듯한 인상을 주는 건 어쩐지 적절치 않은 것 같았다. 그녀는 자신이 평소보다 소극적이고 방어적으로 굴고 있다는 걸 알았지만, 그 이유를 구체적으로 따져보지는 않았다.

오셨어요? 매일 연습을 하는데 잘되는지는 모르겠어요. 그래도 이전보다는 훨씬 편해요. 앉았다가 일어나는 게 수월해진 것도 같고.

그러게요. 자세가 진짜 안정돼 보이는데요? 머신으로는 연습 안 해보셨죠? 이쪽으로 와보세요.

몇 걸음 떨어져서 가볍게 몸을 풀던 그가 그녀를 불렀다. 그녀는 그가 거의 독차지하듯 사용하는 스미스 머신 쪽으로 다가갔다. 그는 랙에 고정된 바벨을 가볍게 등에 걸고 천천히 스쿼트를 하며 신경 써야 할 부분들을 다시금 짚어주었다.

무릎을 오므리지 않도록, 머리를 숙이지 않도록, 발뒤

꿈치가 뜨지 않도록.

그가 그녀의 자세를 살펴주는 십분 남짓한 시간 동안 그녀는 자신이 무엇을 간과하고 있었는지, 어떤 움직임에 주의를 기울여야 하는지 알았다. 알게 된 건 그뿐만이 아니었다. 그는 거의 십여년 만에 혼자 여행을 다녀왔다고, 처음 고려했던 여행지들(일본, 대만, 홍콩)이 아니라 과감하게 스위스로 목적지를 변경한 것이 참 잘한 결정이었다고 털어놓았다. 딱 열흘만 있을 계획이었으나 무리해서 사흘을 더 머물렀다는 이야기를 할 땐 그의 얼굴 한 부분이 갑자기 환하게 빛났다. 그건 그녀의 착각임이 분명했지만, 그 순간 그는 마치 그곳에 있는 사람처럼 보였다. 여행지에 남겨두고 온 그의 일부가 그에게 일종의 생기를 비밀스레 전달하고 있는 것 같기도 했다.

그래요? 스위스라면 나도 가본 적이 있어요. 융프라우를 보러 가신 거예요?

그렇게 말하면서 그녀는 오래되어 제대로 기억나지도 않는 옛 여행지들을 떠올렸다. 어쩌면 자신도 그 낯선 곳들에 자신의 일부를 남기고 오지 않았을까 하는 생각이 들었는데, 그렇다 해도 이젠 모두 사라져버렸을 것이었다. 그녀에게 시간은 모든 걸 흔적도 없이 지우는 무언가에 가까웠다. 그 순간, 무심코 거울을 본 그녀는 약간 놀랐다. 그동안 자신에게서 사라져버렸던 것들이 한꺼번에 자각되는 느낌이 들었고 자신의 얼굴이 이상할 정도로 낯설어 보여서였다.

어, 진짜요? 스위스에 가보셨어요? 언제요?

그는 의외라는 듯 그렇게 물으며 자신보다 머리 하나는 작은 그녀를 내려다보았다. 마흔다섯, 여섯. 느슨하게 어림잡아도 쉰은 절대 넘지 않을 것 같아 보이는 그의 얼굴은 탄탄한 몸에 비해 약간은 밋밋하다는 인상을 주었는데, 그건 어리숙함이나 의기소침함과는 달랐다. 그는 피로해 보였고, 쓸쓸해 보였고, 얼마간 외로워 보이기까지 했다. 아니, 그런 것들이 튀어나오지 않도록 붙잡고 있는 데에 온 힘을 기울이고 있는 것처럼 느껴졌다. 실은 그것이 자신의 감정임을, 그러니까 그런 감정으로 그를 바라보고 있었음을 그녀가 깨달은 건 시간이 더 지난 후였다.

오래전이에요. 결혼하기 전이니까 이십년이 넘었지. 아니다, 이십년이 뭐야. 삼십년이 다 되어가네요. 요즘은 일하느라 여행은 엄두도 못 내요. 우린 자전거가게를 운영하거든요. 한달에 딱 한번만 쉬어요. 우리 아저씨가 워낙 부지런한 사람이라서.

자전거가게를 하세요? 어디, 이 근처에서요?

네, 시장 근처에 가게가 있어요. 횡단보도 건너서 안경점 바로 옆에.

아, 그러셨구나.

다소 맥 빠지는 이야기였으나 헬스장에 흐르는 경쾌한 노래에 힘입어 두 사람의 대화는 계속 앞으로 나아갔다. 서로 멀지 않은 곳에 자리를 잡고서 각자 한 동작을 끝내고, 한 세트를 마무리하는 동안 틈틈이 질문과 답변을 하는 식이었다.

그는 융프라우는 제대로 구경하지 못했다고 했다. 그곳에 머무는 동안 줄기차게 비가 내렸고, 비바람 탓에 산악열차 운행이 중단되기도 했었다고 말하는 그의 얼굴에 잠깐씩 아쉬움의 기색이 떠올랐다. 그의 이야기는 낯선 도시를 옮겨다니듯 두서없이 이어지다 베른 구시가지에 있다는 헬스장에 다다랐다.

거기서도 운동을 하러 가신 거예요, 헬스장에?

그녀가 놀라서 묻자 그는 기다렸다는 듯 휴대폰을 꺼내 사진 몇장을 보여주었다. 언뜻 보면 공장 같기도, 창고 같기도 한 그 공간을 채운 건 컬러풀한 머신들이었다. 머신은 장난감처럼 작아 보였고 머신을 사용하는 사람들은

더 작아 보였는데, 그는 그 사진들을 삼층에서 찍었다고
말했다.

사층 건물 전체가 헬스장이더라고요. 장관이죠?

그렇게 말하는 그는 자신이 직접 찍은 그 사진 속 풍경
에 얼마간 압도되어 있는 모습이었다.

정말 그러네요. 장관이네요.

여기 뒤편으로 돌아가면 테라스가 있어서 야외 운동도
가능해요. 안쪽에는 책 읽는 공간도 있고, 입구 복도엔 그
림들을 걸어놔서 내가 미술관에 온 건가 싶더라고요. 아,
휴식 공간에는 조각상도 있어요.

멋지네요, 정말.

그녀는 그곳을 잠시 상상했다. 어마어마해서 비현실적
으로까지 여겨지는 그곳에 가보고 싶다거나 부럽다는 생
각은 들지 않았는데, 이상하게 그 순간 몸의 움직임이 편
하게 느껴졌다. 가본 적도 없고, 가볼 가능성도 없는 그 헬
스장의 풍경을 상상하는 일이 어째서 운동에 도움이 되는
지 알 수 없었다.

며칠 후, 남편과 자전거가게에 있을 때 그녀가 말했다.

우리도 내년 봄에는 여행 한번 다녀올까?

가게는 입구 쪽 천장에 매달아놓은 어린이용 자전거와

크기가 다른 휠, 다양한 종류의 타이어와 비품들 탓에 어둑했는데, 하루에 단 몇시간, 햇살이 쏟아지는 오전 동안에는 가게 안이 불을 켜놓은 듯 환해졌다. 등받이가 한쪽으로 기울어진 회전의자에 앉아 경제 잡지를 읽던 남편은 이렇다 할 대꾸가 없다가 벌떡 몸을 일으켰고, 곧 손님이 들어왔다.

어서 오세요!

인사는 그녀가 했다.

타이어가 펑크 난 거 같은데 지금 수리 가능한가요?

여자가 입은 하얀색 반바지 끝에 아이스크림 자국 같은 것이 말라붙어 있었다.

그럼요, 얼마 안 걸려요. 잠시만 기다리세요.

이번에도 대답은 그녀의 몫이었다.

남편이 자전거를 안으로 옮겨 오는 동안 그녀는 바닥에 흩어져 있는 공구들을 챙겼다. 남편의 손놀림은 빠르고 정확했다. 그래서 그녀는 늘 그보다 빠르고 정확하게 움직였다. 남편이 바퀴를 분리하려고 손을 뻗기 전에 얼른 앞바퀴를 들어주고, 그가 타이어 레버를 집어 들 때 다음에 사용할 펑크 패치를 바로 옆에 가져다놓는 식이었다. 두 사람은 일사불란하게, 질서 정연하게, 마치 한 사람처럼 움직였다. 어쩌면 그런 것이야말로 삼십여년 결혼 생활의 구체적이고 실체적인 증거가 아닐까, 하는 생각을 그녀는 종종 했다. 둘 사이엔 아이가 없었다. 아이를 가지려고 애를 쓰던 시기가 있었으나 두 사람 모두 적당한 때에 마음을 접었고, 자신의 노력을 배반하지 않을 만한 목표로 눈을 돌렸다. 남편이 목표로 삼은 건 손에 쥘 수 있는 종류의 것이었다. 공구, 타이어, 가죽 안장, 로드 자전거와 미니벨로 같은, 결과적으로 손에 돈을 쥐여줄 수 있는 것들.

그럼 자신의 목표는 무엇이었을까.

손님이 용무를 마치고 돌아간 뒤에도 그녀는 한동안 그 생각에 붙잡혀 있었다. 그건 허무함도, 실망감도 아닌 새삼스러운 자각에 가까웠다. 변화라면 변화라고 할 만한 그런 생각을 그녀는 헬스장의 그 남자와 연관 짓지 못했다.

여름이 지나고 가을이 깊어지는 동안 그녀는 꾸준히 헬스장에 갔다. 오후 세시 반이 넘으면 운동 가방을 챙겼고, 아파트 단지 샛길로 걸어가는 동안 무슨 운동을 얼마나 할지 고심했다. 엘리베이터 안에서 근육이 얼마나 붙었나 하고 팔뚝과 허벅지를 살며시 만져볼 때도 있었다.

그 사람, 파란 바지의 남자가 헬스장에 오는 시각은 들

쑥날쑥했지만 두 사람은 일주일에 두세번은 꼭 마주쳤다. 그러면 그는 그녀의 동작과 자세를 살펴보고 도움이 될 만한 조언을 건네주었다. 그녀는 프로틴 음료와 커피 같은 것들을 챙겨가기 시작했다. 그렇게라도 고마운 마음을 전하고 싶어서였다.

그녀가 그에 관해 아는 것은 많지 않았다.

반년 전 오래 다닌 직장을 그만둔 뒤 이 동네로 이사 왔고, 지금은 혼자 살고 있으며, 헬스를 한 지는 삼년이 넘었다는 것. 과거에 어떤 직장에 다녔는지, 왜 이 동네로 이사 왔으며 이전엔 누구와 함께 살았는지, 결혼을 했는지, 아이는 있는지 등은 묻지 못했다. 그러니까 그녀가 그에 관해 아는 게 별로 없다고 느낀 건 해결되지 않은 궁금증 탓인지도 몰랐다. 그럼에도 선을 넘을 만한 짓은 하지 않았다. 그녀는 자신이 남편과 함께 자전거가게를 운영하고 있다는 것, 당뇨 초기 진단을 받은 뒤 헬스를 시작하게 되었다는 것, 한달에 두어번 독거노인들에게 도시락 배달 봉사를 한다는 것 정도의 이야기만 했다. 대학에서 영어와 스페인어를 전공했으며 이십대 때에는 번역가나 통역가를 꿈꿨다는 것, 지금과 같은 삶을 살게 된 건 그때는 엄두가 나지 않았으나 돌이켜보면 아주 사소한 용기가 부족한 탓이었다는 것 등은 이야기하지 않았다.

11월 첫날에는 기온이 15도까지 떨어졌다.

오전 아홉시, 자전거가게 문을 여는데 같은 건물 이층을 쓰는 여자가 입구에서 그녀를 불렀다. 자신이 직접 만들었다는 가죽 공예품들의 판매를 위탁하기 위해서였다. '전통무속예술원'이라는 간판을 내건 그곳이 정확히 무엇을 하는 곳인지 그녀는 알지 못했다. 그녀가 아는 건 그곳을 운영하는 육십대 초반의 여자가 무속인은 아니며(그럼에도 눈빛에선 종종 범상치 않은 기운이 배어났다), 이따금 굿을 준비하는 사람들에게 연습실 겸 창고로 그 공간을 대여해준다는 것, 가죽 공예품들을 판매하는 것이 여자의 주 수입원이라는 것 정도였다. 그럼에도 그녀는 여자의 과거를, 미래를, 인생을 현재의 형편 안에 가둬두지 않았다. 자신이 그런 것처럼 여자에게도 지금보다 더 환한 시간들이 있었고, 또 있을지도 모른다고 믿었다. 그건 그녀가 타인에 대한 예의를 잃지 않는 방식 중 하나였다.

남편이 고개를 까딱하고 안으로 들어갔고, 그녀와 여자가 가게 앞에 간이 테이블을 펼쳤다. 지갑과 파우치를 크기별로 가지런하게 펼쳐놓은 뒤 '수제 악어가죽 지갑 할인 판매'라고 적힌 천 조각을 붙이자 모든 일이 끝났다.

맞아. 나 어제 자기 봤다.

문득 여자가 말했다. 그녀가 햇살을 받아 반짝이는 그 공예품들이 정말 악어가죽으로 만든 것일까, 생각하고 있을 때였다.

그래요?

어떤 남자랑 카페에 앉아 있던데?

그녀는 반사적으로 남편이 있는 가게 안쪽을 들여다보았고, 곧 그 행동을 후회했다. 거리낄 게 없는데도 거리낄 게 있는 것처럼 행동했다는 자각 탓이었다.

아, 아는 분이 뭘 부탁해서 잠깐 만났어요. 헬스장에서 종종 만나는 분인데, 외국에서 사 온 엽서를 해석해달라고 하시더라고요.

파란 바지의 남자가 외국 빈티지 엽서를 모은다는 이야기를 한 건 몇주 전이었다. 그 엽서들을 헬스장에 가져온 게 보름 전이었고, 그녀가 별생각 없이 엽서에 적힌 몇 문장을 해석하면서 그 일이 시작되었다. 갑자기, 우연히, 의도치 않게. 두 사람은 운동을 마치고 잠깐씩 그 엽서들을 함께 보다가, 어느새 카페에 마주 앉아 공부하듯 엽서들을 읽어나가게 된 것이었다. 그게 전부였고 틀림없는 사실이었다. 그러나 그것만으로는 설명이 부족하다는 생각이 들었고, 그 틈새로 이상한 추측과 오해가 끼어들지도 모른다는 불안이 올라왔다.

외국 빈티지 엽서를 모으는 취미가 있대요. 그분 말이에요. 외국 사람들은 누가 누구한테 썼는지도 모를 엽서들을 사고팔고 하거든요. 나도 외국 갔을 때 본 적은 있는데 사고 싶은 마음은 안 생기더라고요. 괜히 께름칙하기도 하고.

그녀가 조금 더, 조금 더 하며 계속 부가적인 설명을 이어간 건 그 때문이었다.

제가 영어랑 스페인어를 공부했거든요, 대학 다닐 때. 오래전이긴 하지만 그래도 감이라는 게 있으니까요.

세상에, 자기 대학을 나왔어? 그랬구먼. 그나저나 누가 누구한테 쓴 줄도 모르는 엽서를 돈 주고 산다니 취미 한번 유별나네. 신경 쓰지 말어. 반가워서 말한 거니까.

여자는 건성으로 고개를 끄덕거리다 결국 그녀의 말을 끊었다. 그런 후엔 잘 부탁한다는 인사를 남기고 이층으로 올라갔다. 그녀는 그 자리에 서서 자신이 한 말을 점검하듯 하나씩 복기했고, 색이 바래고 글자가 떨어져나가기 시작한 이층 가게의 간판을 올려다보다 가게 안으로 들어왔다.

그리고 그날 오후, 운동을 끝내고 헬스장을 나오며 파란 바지의 남자에게 말했다.

오늘은 길 건너 카페를 찾아보면 어때요? 요 앞 가게는 사람이 너무 많더라고요.

아, 그래요? 그러시죠, 그럼.

사람들로 붐비는 카페 서너 곳을 돌아다니던 두 사람이 자리를 잡은 건 공원 안쪽의 벤치였다. 남자가 가방에서 엽서 한장을 꺼냈다. 한번에 휘갈겨 쓴 듯한 영어 필기체와 빛이 바랜 우표, 뭉툭해진 모서리와 잉크가 번진 흔적까지. 그것은 이전에 봤던 몇장의 엽서와 비슷했지만 다른 점이 있었다. 이 엽서에는 물방울 자국이 여기저기 꽤 선명하게 남아 있었다. 그녀는 눈물이 떨어진 자국이 분명하다고 여겼지만 그 말을 하진 않았다.

여느 때처럼 두 사람은 엽서의 앞면과 우표 모양을 살피고, 수신자와 발신자의 이름을 파악하는 것부터 시작했다. 그건 핵심이라고 할 만한 내용으로 들어가기 전의 준비운동과 비슷했는데, 언제나 그녀가 주도권을 쥐었다. 그는 비교적 쉬운 단어는 읽을 수 있었으나 문장을 해석하는 데 어려움을 겪는 듯했다. 하긴 제각각인 필기체 탓에 아주 쉬운 단어를 알아보는 것도 힘든 일이긴 했다.

받는 사람 이름이 세실이네요. 세실 크리스토퍼.

아, 이게 세실인가요? 전 전혀 못 알아보겠네요.

그녀는 이 읽기의 과정이 전적으로 자신의 소관 아래 이뤄진다는 게 좋았다. 헬스장에서 몸을 움직일 땐 오로지 그의 조언에 의존해야 했다면, 그녀가 엽서를 쥐고 있는 동안엔 정반대의 상황이 펼쳐지는 거였다. 하지만 남편이 알았다면 쓸데없는 시간 낭비라고 했을 게 뻔한 이 일에 그녀가 흥미를 느낀 건 그런 이유 때문만은 아니었다. 엽서를 읽는 동안 그녀는 자신이 상실했다고 여겼던 스스로를 거듭 되찾는 기분이었다. 단어의 의미를 정의할 때, 문맥을 설명할 때 그녀는 자기 안에 여전히 수준 높은 소양과 지식이 남아 있다는 것을 실감했고, 그러면 과거의 한 시절이 생생하게 살아 돌아오는 것 같았다. 그건 완전히 다른 사람이 되는 경험과 비슷했다. 길어봐야 한시간 남짓한 그 시간 동안 그녀는 지금의 삶으로부터 달아나 자신이 살아보지 못한 삶을 잠깐씩 체험하고 있는지도 몰랐다.

물론 그녀가 모든 단어를, 문장을 능숙하게 해석해낼 수 있었던 건 아니었다. 때때로 그녀는 얼버무렸고, 뜬금없는 이야기로 시간을 벌었고, 될 대로 되라는 심정으로 터무니없는 해석을 늘어놓았다. 모른다는 말은 절대로 하지 않았다. 그녀는 힘껏 추측했고 유추했고 상상력을 발휘했다.

주변 사람들이 그녀에게서 전에 없던 미약한 활기를 느끼기 시작한 건 그 무렵이었다. 긴 세월의 흔적이 남은 이국의 엽서, 누군가의 성격과 습관이 스며든 필체, 지금은 세상을 떠났을 게 틀림없는 수신자와 발신자, 그들 사이에 오고 간 애틋하고 다정한 언어, 그리고 그 언어 아래 흐르는 뜨거운 마음. 그녀 내면의 뭔가를 깨운 건 일상에서는 아무런 쓸모가 없는 그런 낭만적이고 감상적인 상상력인지도 몰랐다. 그 엽서들의 주인, 남자의 존재가 아니라.

요즘 같이 다니는 그 아저씨, 식구는 아니지요?

그리고 얼마 후, 그녀가 운동을 끝내고 엘리베이터에 올랐을 때 누군가 물었다. 종종 인사를 나누던 여자 노인이었다. 노인이 운동 가방으로 쓰는, ‘제생한의원’이라고 적힌 부직포백에서 물이 뚝뚝 떨어지고 있었다.

네?

그녀가 물었고, 노인이 괜찮다는 듯 눈을 깜빡이며 목소리를 낮추었다.

탈의실에서 여자들이 입을 자꾸 대길래 물어봤어요.

뭐라고들 말을 하는데, 내 보기엔 그런 관계는 아닌 거 같아서.

그녀는 노인의 말을 한번에 이해하지 못했다. 그래서 그 엘리베이터에 자신과 노인 단둘뿐이라는 사실에 안도감을 느껴야 한다는 것도 눈치채지 못했다.

노인은 거의 매일 헬스장에 왔다. 느린 걸음으로 트레드밀 위를 걷고 그보다 더 느린 속도로 실내 자전거를 타는 게 전부인 노인의 운동은 거의 생존을 위한 고군분투처럼 보였다. 특히 샤워실에서 발가벗은 노인과 마주칠 때면, 아래로 허물어지고 있는 듯한 육체를 겨우 지탱하는 앙상한 두 다리를 볼 때면 그녀는 애잔함을 감출 수 없었다. 그런 감정 속엔 자신의 육체가 아직 쓸 만하다는 데서 오는 우월감, 노인에 비하면 자신의 상황이 낫다고 여기는 데서 오는 안도감 등이 뒤섞여 있음을 모르지 않았으므로 늘 묘한 죄책감도 느꼈다. 이따금 그녀가 노인에게 다정하게 말을 건넨 건 그 때문인지도 몰랐다.

아, 그분이요? 식구 아니에요. 헬스장에서 만난 분인데. 친구? 동료라고 해야 하나?

그래요? 그럼 여기 헬스장에서 만난 사이가 맞아?

네. 여기 헬스장에서 만났어요.

노인이 무슨 말인가를 하려고 할 때 엘리베이터 문이 열렸다. 사람들이 막무가내로 밀고 들어오는 바람에 그녀는 내릴 타이밍을 놓쳤고, 큰 소리를 내고 나서야 그곳을 벗어날 수 있었다. 그리고 몇 걸음 앞서 걷는 노인을 불렀을 때, 이상하게 서늘한 느낌이 그녀를 툭 건드렸다. 구부정한 노인의 뒷모습에서 순간적으로 어떤 완강함이, 냉담함이 느껴진 탓이었다. 그건 그녀의 착각임이 분명했지만 노인을 뒤쫓아가는 걸 막아서기엔 충분했다.

이 일이 그녀에게 의구심을 심어주었다. 그녀는 거리낄 게 없는 그 남자와의 만남, 지극히 순수한 엽서 읽기 활동이 다른 사람들의 눈에 어떻게 비칠지 생각하기 시작했다. 그만둬야겠다고 생각한 건 아니었다. 그녀는 누가 직접적으로 묻는다면 적극적으로 해명하겠다고 생각했고, 가능하다면 이 활동에 관심이 있는 사람들을 더 영입해야겠다고 마음먹었다. 그러나 그런 일은 일어나지 않았다.

그리고 얼마 후, 누군가 탈의실 입구의 게시판에 써둔 짧은 글이 그녀의 의구심을 확신으로 바꿔놓았다.

— 헬스장은 운동하는 곳입니다. 운동만 하세요. 양심에 어긋나는 부적절한 관계, 몹시 불쾌합니다!

그러니까 그녀가 그 글을 발견하고 탈의실 입구에 멈

춰 섰을 때, 이게 무슨 말일까, 누구를 겨냥한 말일까 생각하고 있을 때, 단 한마디 말도 건네지 않고 냉담하고 신속하게 그녀를 스쳐간 몇 사람의 태도가 의구심을 확신으로, 확신을 두려움으로 바꿔놓은 거였다.

그녀는 엽서 읽기 활동을 그만둬야겠다고 결심했지만 남자에게 그 말을 곧바로 하진 못했다. 그녀는 남자가 없을 만한 시간대에 헬스장을 찾기 시작했고, 어쩌다 남자와 마주칠 때면 급한 일이 있다거나 몸이 안 좋다는 핑계를 대며 자리를 피했다. 그래서 두 사람이 이 문제에 대해 정식으로 대화를 나눈 건 몇주가 더 지나서였다.

추운 날이었다. 짧은 가을이 지나고 겨울이 세상을 점령해나가는 중이었다. 두 사람은 헬스장에서 나와 이십여 분을 걸어간 다음, 사람이 뜸한 카페에 자리를 잡고 앉았다. 그런 후엔 한동안 조용히 각자의 한기를 물리치는 데 집중했다. 따뜻한 커피 두 잔이 나왔고, 그가 가방에서 엽서 뭉치를 꺼냈다. 그들이 하나씩 읽어나가기로 했던 빈티지 엽서들이었다.

아니요. 오늘은 엽서 말고 할 이야기가 있어요.

그녀가 말하자 그가 네모난 엽서들을 두 손으로 감싸쥔 채 그녀를 보았다. 두 사람의 눈이 마주쳤고, 그녀가 순간적으로 시선을 피했다. 그럴 수밖에 없을 만큼 그의 눈빛에는 뭔가 특별한 것이 있었다. 그녀는 이별이나 헤어짐 같은 감상적인 단어를 떠올려선 안 된다고 자신에게 거듭 주의를 주었다.

일이 커졌어요.

그녀가 단호한 목소리로 말했다.

헬스장 사람들 말하시는 거죠? 알아요. 일이 커졌습니다.

한참 만에 그가 답했다. 침묵이 내려앉았다. 그건 다른 사람들에게 비슷한 눈총을 받고 있는 두 사람 사이에서 오갈 수 있는 무언의 공감이었다. 그럼에도 두 사람은 그에 대해서는 더 이야기하지 않았다. 사람들이 몰상식하다거나 무례하다는 말로 자신들의 부주의함을 변호하려는 시도는 하지 않았다.

아무래도 그만하는 게 좋을 것 같아요. 이쯤에서.

그녀가 말했고 그가 물었다.

꼭 그래야 할 필요가 있을까요? 그냥 빈티지 엽서를 읽는 게 전부인데요. 가벼운 취미 활동 같은 거잖아요. 아니었나요?

그는 고개를 살짝 들었지만 그녀를 바라보진 않았다. 그의 시선은 테이블 모서리에 고정되어 있었다. 그녀가 포기하지 않는다면 알게 될지도 모를 어떤 감정들이 그의 얼굴을, 표정을 낯설게 만들고 있었다. 그녀는 그 질문 뒤편의 말들, 그러니까 그가 감추고 있는 진짜 질문들을 떠올리지 않으려고 애썼다.

맞아요. 그렇긴 하지만 다른 사람들 눈에는 부적절해 보이는 일이니까요.

그녀는 미간을 찌푸렸다. 자신이 비겁하게 굴고 있다는 생각 탓이었다. 그러나 정확히 어떤 점이 비겁한지 알 수 없었다. 알 수 없는 건 그뿐만이 아니었다. 그녀는 자신의 내면에서 빠르게 솟구쳤다 가라앉는 여러 감정을 제대로 읽어내지 못했다. 그래서 자신이 지금 어떤 기분이고, 어떤 상태인지 파악할 수조차 없었다.

혹시, 혹시라도 다른 어떤 마음이 있었던 건 아니죠? 아, 오해하진 마세요. 제 말은 조금이라도 그런 마음이 있으셨다면, 그런 거라면.

그가 용기를 내어 고개를 들고 그녀의 눈을 보았다. 그리고 그녀가 어떤 가능성을 베어내듯 말했다.

아니요, 그럴 리가요. 그럴 리가 없죠.

그렇다면 더더욱 그만둘 이유가 없지 않을까요? 저희만 떳떳하면 되는 거잖아요. 고작 엽서 읽는 게 뭐 대단한 일이라고. 시간이 지나면 사람들도 알겠죠. 그냥 별일도 아니었구나, 하고.

아뇨, 그만두는 게 좋겠어요. 그러는 게 맞아요.

그녀의 말투에서 날카로움이 배어났다. 그건 이 만남이 그에겐 거리낄 게 하나도 없는, 정말이지 순수한 엽서 읽기 활동이었을지도 모른다는 데서 오는 서운함이었다. 아니, 이 만남에 어쩌면 그 이상의 의미가 있을지도 모른다고 기대했던 스스로에 대한 부끄러움에 가까웠다. 그러나 그녀는 자신의 이런 감정을 제대로 알아차리지도 못했다. 두 사람 사이에 형식적인 몇 마디 말들이 더 오갔다. 고맙다거나 유감이라거나 하는 말들. 적당히 생략되고 정제되어 안전하고 무난하다고 여겨지는 표현들. 그녀가 먼저, 그가 뒤이어 자리에서 일어났고, 두 사람은 카페를 나왔다. 문득 그의 손에 들려 있던 엽서 한장이 그녀의 눈길을 사로잡았다.

하나 가지세요. 기념으로.

그가 그 엽서를 내밀었다. 그녀는 그것을 받고 고개를 까딱한 뒤 돌아섰다. 그게 끝이었다.

이후 한동안 그녀는 헬스장을 찾지 않았다. 새로운 헬스장에 등록한 건 해가 바뀌고 몇주가 더 지난 뒤였다. 그곳은 가게에서 멀었지만 규모가 크고 실내가 환해서 쾌적하다는 느낌을 주었다. 그녀는 그 사람, 파란 바지의 남자를 거의 잊고 지냈다. 그럼에도 남편이 전표와 영수증, 고지서 등을 보관하는 용도로 쓰는 낡은 책상 서랍을 무심코 열 때면, 비닐 커버를 씌워 거기 넣어둔 빈티지 엽서를 보게 될 때면 남자를 떠올리지 않을 수 없었다.

엄밀히 말해 그녀가 생각하는 건 남자가 아니었다. 그건 그녀 자신의 마음, 즉 그때는 알아차리지 못했던, 혹은 알아차리지 못하도록 단단히 잠가둔 감정이었다. 그녀는 그 당시 스스로에게 정말 거리낄 게 하나도 없었는지 자문했고, 그때 느꼈던 감정이 무엇인지 되짚어보곤 했다. 그를 통해 자신이 지금과 다른 삶을 어렴풋이 꿈꿨다는 것에 대해 옅은 죄책감을 느낄 때도 있었다. 그럼에도 자기 마음을 정확하게 정의하진 못했다.

다만 그곳이 스위스였다면, 머신들이 종류별로 끝도 없이 도열한 공간이었다면, 두 사람의 모습이, 두 사람의 말과 행위가 아무런 주의도 끌지 않는 장소였다면 자신의 마음을 조금은 더 선명하게 읽을 수 있지 않았을까, 생각해볼 뿐이었다.

입춘을 며칠 앞둔 어느 오후에 남편이 말했다.

뭐야? 이거 당신 거야?

그녀가 가게 입구에 서서 멀리 가로수들을 내다보고 있을 때였다. 그녀가 돌아보자 남편이 빈티지 엽서를 흔들어 보였다.

내 거야. 거기 둬요.

그녀가 말했고 남편이 무심한 투로 답했다.

어디서 난 거야? 죄다 외국 말이네.

그녀는 남편 곁으로 다가가서 엽서를 건네받았다. 거기 적힌 글자들은 프랑스어여서 그녀가 읽을 수 없었다. 그녀는 자신이 해석할 수 없는 암호 같은 글씨를 가만히 내려다보았다.

읽을 수도 없는 걸 뭐 하러 가지고 있어. 서랍도 복잡한데.

그가 말했고 그녀가 답했다.

왜 못 읽어? 얼마든지 읽지. 읽어줘?

그런 후엔 엽서를 내려다보며 문장을 읽었다. 아니, 읽는 척했다.

우리가 지금과 같은 삶을 살게 된 건 사소한 용기가 부족했기 때문이에요. 그걸 알아야 해요.

그건 그녀가 가끔 떠올리는 말이었고, 언젠가 그 남자에게 털어놓고 싶었던 말이었고, 엽서에 적힌 글과는 무관한 말이었지만 그렇게 내뱉고 나자 정말 그런 문장이 적혀 있는 것처럼 여겨졌다.

고작 그런 말을 하겠다고 돈 들여 엽서를 보내다니, 어지간히 한가한 모양이군.

남편은 어이없다는 듯 고개를 가볍게 흔들고 나갈 채비를 했다. 그 순간, 그녀는 이런 생각을 했다. 이렇게 사는 건 용기가 없어서가 아니라 늘 더 큰 용기를 냈기 때문이라고. 익숙한 일상을 지키는 건 그것을 포기하는 것보다 언제나 더 어려운 일이었다고. 그녀는 그것이 자기변명과 자기합리화에 불과하다는 사실 또한 모르지 않았다. 그러니까 후회와 원망, 안도와 고마움의 감정을 동시에 느꼈던 것이 이번이 처음이 아닌 것처럼.

참, 고춧가루는 만원 이하로는 절대로 팔지 마. 중국산이어도 아주 하품은 아니니까.

남편은 그렇게 당부하고 가게를 나섰다. 그녀는 남편을 따라 잠시 밖으로 나왔다. 그런 후엔 동일한 간격을 두고 나란히 줄지어 서 있는 새 자전거들, 간이 테이블 위에 가지런히 놓인 가죽 공예품들, 가게 앞 종이 상자에 차곡차곡 담긴 고춧가루 봉지들을 새삼스러운 눈길로 둘러보았다. 부족하다거나 초라하다거나 보잘것없다는 생각은 들

지 않았다. 충분하다거나 만족스럽거나 대단하다는 생각
도 들지 않았다. 그녀의 일상은, 삶은 언제나 상반된 그 두
가지 마음 사이 어디쯤 머물러 있는 것인지도 몰랐다.

그녀는 한기를 느끼고 다시 가게 안으로 들어왔다. 그
러곤 책상 위에 놓인 엽서를 다시금 서랍 깊숙이 밀어넣
었다.

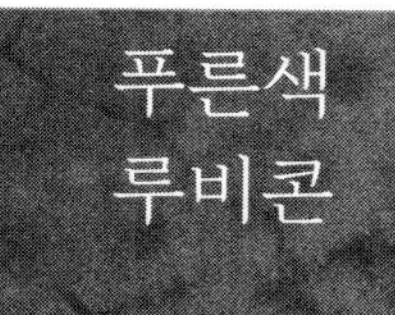

푸른색
루비콘

새 신자 성경 수업의 첫날.

그는 사람들이 돌아가며 자기소개 하는 모습을 멍하니 지켜보다 자신의 차례가 되었을 때 자리에서 일어났다. 얼핏 봐도 열명이 훨씬 넘는 사람들의 시선이 일제히 그를 향했다.

그는 고개를 까딱하며 말했다.

손경수라고 합니다.

그런 다음 무슨 말인가를 보태려고 했다. 고심했던 말들이, 준비했던 말들이 있었다. 그는 자신의 나이를, 출신을, 경력을, 사는 곳을, 이곳에 온 계기를, 하다못해 지금의 소감이나 각오를 짧게 밝힐 수도 있었다. 그러나 그러지 못했다. 어떤 말들은 불필요한 것 같았고, 부적절한 것 같았고, 지나친 것 같았다.

사람들의 눈을 피해다니던 그의 시선이 벽에 걸린 십자가에 닿았다. 짙은 갈색의 그것은 투박하고 딋밋하게 보였다. 은혜니 사랑이니 은총이니 하는, 그곳 사람들이 습관처럼 말하는 그런 따스하고 다정한 기운은 느낄 수 없었다. 아니, 사실 그가 보는 것은 따로 있었다. 십자가 아래 거무스름한 자국이었다. 낙서 같기도, 얼룩 같기도, 스티커 같기도 한 무언가. 그는 눈을 가늘게 뜨고 그것을 알아보려고 애쓰다가 그대로 자리에 앉았다.

그러면서 생각했다.

거의 칠순에 가까운 자신은 다들 어렵지 않게 해내는 이런 일 앞에서 왜 이토록 쩔쩔매는가 하고. 그는 지난해 죽은 아내를 떠올렸다. 아내가 있었을 때, 그는 자신을 설명할 필요가 없었다. 그가 만났던 이들은 그에 대해 알 만큼 아는 가족이었고, 친지였고, 친구였고, 동료였고, 지인이었다. 간혹 새로운 모임에 나가거나 낯선 사람을 대면할 때면 아내가 늘 먼저 나서서 그를 소개했다.

아내가 떠나고 그 사람들과의 관계는 서서히 끊어졌다. 그건 어떤 갈등에서 비롯된 것도, 누군가의 잘못 때문도 아니었다. 그는 아내의 부재를 거듭 실감케 하는 그들과의 만남이 불편했고, 그들은 갑자기 상처한 그를 어떻게 대해야 할지 알지 못했다. 그들과의 관계는 조심스러움과 껄끄러움, 어색함과 미숙함 사이를 이리저리 표류하다 어디론가 떠내려가버렸다. 그에게 익숙함을 주던 관계들, 자연스레 이뤄지던 만남들, 아내가 있어서 가능했던 인연들. 그런 것들은 그렇게 막을 내렸다.

그는 아내에게 고마움과 미안함을 동시에 느꼈다. 이어 그간 한번도 그런 생각을 하지 못했다는 사실에, 이제야 그걸 깨닫게 된 자신에, 더는 그 같은 일을 대신해줄 아내가 존재하지 않는다는 현실에 새삼스레 충격을 받았다.

그래서였을 것이다.

이후 간식을 먹으며 담소를 나누는 시간에 그는 곁에 앉은 사람에게 말했다. 이만하면 자신은 괜찮게 살아온 편이라고, 충분하다고 할 순 없지만 그럭저럭 만족하고 있다고. 상대의 반응이 괜찮으면 더 말할 의향도 있었다. 자신은 중학교 행정실에서 삼십년 넘게 일했는데, 퇴직하던 날에(그날은 4월 11일 화요일이었다) 정말 예쁜 꽃바구니를 받았다고. 요즘도 가끔 그 꽃바구니 사진을 찾아볼 때가 있다고. 그러면 그날의 장면이 생생하게 떠오른다고.

중요한 이야기는 아니었다. 거창한 의미를 담은 말도

아니었다. 다만 그 순간, 어떤 식으로든 자신을 조금 더 설명해야 한다는 강박이 그를 사로잡은 거였다. 그는 자신이 누구인지 밝히는 이런 일에 익숙해지고 싶었다. 한번쯤은 제대로 해내고 싶었고 그래서 어렵게 용기를 낸 것이었다.

그래요?

곁에 앉은 사람은 귤을 까먹으며 심드렁하게 대구했다. 오십이 조금 넘었을까 싶은 남자였다. 남자는 그를 한번 돌아보지도 않고 골똘한 표정으로 귤을 씹는 데만 열중했다. 그러다 간식이 놓인 테이블 위를 가리키며 물었다.

이거 안 먹을 거죠?

그런 다음 테이블 위에 놓인 귤 두개를 아무렇지도 않게 점퍼 호주머니에 넣었다. 언뜻 보인 남자의 호주머니 속에는 귤만 있는 게 아니었다. 비스킷과 바나나, 두유까지. 야무지게 챙긴 듯한 간식들로 호주머니는 불룩했다.

그는 괜한 말을 했다고 후회했다.

말할 상대를 잘못 골랐다는 생각이 들어서였다. 그런 생각에 확신을 준 건 남자가 걸친 검정색 점퍼, 색이 바래기 시작한 그 점퍼 여기저기 달라붙은 깃털이었다. 오리털이나 거위털 같은 의류 충전재는 아닌 듯했다. 그게 아니더라도 점퍼는 후줄근하고 꾀죄죄했다. 그는 남자의 옆얼굴을 조심스레 훑었다. 덥수룩하게 수염이 자라난 입가와 귀를 반쯤 덮은 머리칼. 남자에게선 좋지 않은 냄새까지 났다. 그는 다른 쪽으로 고개를 돌려버렸다. 그가 보기에 남자는 대화를 나눌 만한 상대가 아니었다.

근데 아까 나이도 말했어요? 올해 나이가 어떻게 되는데요?

별다른 말이 없던 남자는 수업이 끝날 무렵 이렇게 물었다. 그가 대충 주변을 정리하고 막 일어서려던 때였다.

내 나이요?

네, 그냥 뭐 괜찮게 살았다는 그런 건 언제쯤 알 수 있나 해서요.

그는 남자의 얼굴을 똑바로 봤다. 그 말 속에서 가시를 느꼈기 때문이었다. 그러나 남자의 얼굴에선 아무것도 읽어낼 수 없었다. 그것이 묘하게 기분을 더 상하게 했다. 그는 남자의 질문에 답하지 않았고 답할 생각도 없었지만 그런 의사를 단호히 밝히지도 못했다. 그가 우물쭈물하고 있는 사이, 남자가 누군가에게 말을 걸며 교육실을 나가버렸기 때문이었다.

그는 남자가 무례한 사람이라고 생각했다. 본데없는 사

람이라고 여겼다. 불쾌했고 언짢았다. 그러나 그턴 감정에 오래 사로잡혀 있지는 않았다. 그는 모든 걸 거기 그대로 두고 가기로 했다. 사람들에 섞여 교육실을 나올 때, 본당을 가로지를 때, 대형 십자가를 향해 고개 숙인 사람들을 지나칠 때, 교회 주차장에서 차를 몰고 나올 때. 그러니까 살면서 그가 수없이 반복했던 실수, 타인의 말과 행동, 표정을 집까지 가져와서 그것을 상기하고, 복기하고, 되짚으며 자신의 기분을 엉망으로 만드는 짓만은 하지 않으려고 애썼다.

한주 뒤, 수요일 오후에 그는 다시 교회로 갔다.

8주간 진행되는 새 신자 교육은 앞으로 일곱번이 남아 있었다. 간절히 신앙을 구할 이유도, 간곡히 기도를 올릴 사정도, 신실한 신자가 될 의지도 없으면서 그는 일찌감치 교육실 한쪽에 자리를 잡았다.

사실 그에겐 다른 대안이 없었다.

그가 여기까지 온 건 아들 때문이었다. 아내가 죽은 뒤로 아들은 그를 볼 때마다 뭐든 하라고 말했다. 혼자 집에만 있지 말고 나가서 사람들도 만나고, 모임에도 참석하고, 취미도 가지라고 권했다. 그건 권유였지만 부드러운 방식은 아니었다. 그때마다 아들의 얼굴에 어른거리던 것이 일종의 두려움이라는 사실을 그는 나중에 알았다. 홀로 남은 자신에 대한 불안과 걱정, 부담감과 죄책감 같은 것들이 아들을 계속 짓누르는 모양이었다.

때때로 그는 아들이 자신을 다그치고 몰아세우는 것처럼 느꼈지만 그것에 대해 말하지 않았다. 오래전, 그 역시 아들에게 비슷한 말을 한 적이 있어서였다. 종일 방에만 있지 말고 나가서 친구도 사귀고, 세상도 배우고, 직업도 가지라고. 그는 아들의 말에 고개를 끄덕이면서, 그렇게 하겠다고 약속하면서 생각했다. 지금은 정확히 기억나지도 않는 그 시절, 자신의 말을 묵묵히 듣고 있었던 어린 아들의 심정에 대해. 틀림없이 다정한 것과는 거리가 멀었을 자신의 방식에 대해.

그가 가장 먼저 간 곳은 집 근처 헬스장이었다.

헬스장은 일층에 복권 판매점, 이층에 내과와 정형외과, 삼층에 입시 학원이 있는 낡은 상가 건물의 사층이었는데 쾌적하다는 인상을 주지는 않았다. 일단 해가 잘 들지 않았고 조명이 어두웠다. 공간이 협소한 편이어서 기구와 기구의 간격도 좁았다. 그러나 그의 신경을 거슬리게 한 건 따로 있었다. 노래였다. 그곳에서 흘러나오는 노래는 하나같이 시끄럽고 정신없고 산만했다. 도무지 가사를 알아들을 수 없는 노래들이 쉬지 않고 반복됐다.

실례합니다. 여기 나오는 음악 말입니다.

어느 날, 그가 용기를 내어 말했을 때 안내 데스크를 지키던 청년은 대꾸했다.

아, 음악은 정해져 있는 거라서요.

그는 그 대답이 이상하다고 느꼈지만 침착하게 되물었다.

그걸 정하는 사람이 따로 있습니까?

아, 아뇨. 뭐 꼭 정한다, 이런 개념이 아니라요. 저희가 회원님들 선호하시는 노래를 틀거든요. 그래서 최신곡 위주로 돌리고 있고요. 여기 다 운동하러 오시는데 텐션 떨어지면 그렇잖아요. 노래도 분위기에 맞게 틀어야죠.

그가 무슨 대답을 하기도 전에 청년은 고개를 저었다.

아무튼 그래요. 노래는 어쩔 수가 없어요. 죄송하지만 안 돼요.

하마터면 그는 자신이 어떤 요구를 했다고 착각할 뻔했다. 청년은 컴퓨터 아래 선반을 뒤지며 중얼거리듯 말을 이었다.

여기 음악이 좀 그러시면 이어폰으로 딴 거 들으시면 돼요.

뭐라고 했습니까? 잘 안 들리네요.

그가 되묻자 청년은 양손 검지로 귀를 가리키며 목소리를 높였다.

이어폰이요. 듣고 싶은 노래가 있으면 이어폰으로 들으시면 된다고요.

그러더니 급한 용무가 있는 사람처럼 서둘러 직원 전용 공간으로 들어가버렸다.

그는 무리한 요구를 하려던 게 아니었다. 그저 노래 소리가 조금 큰 것 같다고, 볼륨을 약간만 낮춰달라고 청할 생각이었다. 그런데 무슨 말을 하기도 전에 거절당했다는 생각이 들었다. 그는 머쓱했고 무안했다. 의아했고 당혹스러웠다. 끝까지 남은 건 억울함이었다.

그건 거절 때문만은 아니었다. 그는 자신의 눈앞에서 매몰차게 문을 닫아거는 듯한 청년의 태도가 마음에 걸렸다. 그러니까 그도 몇 차례 목격한 적이 있는, 다짜고짜 안내 데스크로 달려가서 요구사항을 집요하게 늘어놓는 늙은이와 같은 취급을 받았다는 생각을 떨칠 수 없었다. 그럼에도 그는 집으로 돌아오는 길에 자신이 그런 취급을 받을 만한 어떤 빌미를 준 것은 아닌지 곰곰이 따져보았고, 스스로의 언행을 차분하게 되짚어보았다. 어떻게 해도 멈추지 않던 생각은 어쩌면 자신이 그럴 만한 행동을 했을지도 모른다는 결론에 이르고 나서야 멈췄다.

그는 그 헬스장을 한달 남짓 더 다녔다.

주로 이른 오전에 트레드밀 위에서 이십분 정도 걷고, 비교적 다루기 쉬운 기구에 앉아 팔다리를 이리저리 움직였다. 그러면 열이 오르고, 땀이 흐르고, 기분 좋은 활기가 느껴질 때도 있었다. 낯익은 얼굴들도 생겨났다. 누군가와 대화를 나눌 뻔한 기회도 몇 차례 찾아왔다. 그러나 그런 일은 일어나지 않았다. 상가 엘리베이터 점검이 있던 날, 사층까지 계단을 오르다가 오른쪽 발목을 삐끗한 탓이었다. 그는 대수롭지 않게 여겼고 그것이 문제를 키웠다. 헬스장에서 나왔을 땐 발목 근처에 머물던 통증이 다리 전체로 번졌고 다음 날이 되자 제대로 걷기조차 힘들었다.

헬스를 그만둔 뒤, 그가 한쪽 다리를 절뚝거리며 찾아간 곳은 인근 주민센터였다.

그곳에서 그는 스마트폰 활용 강좌를 들었다. 일곱명 남짓한 수강생들은 점잖았고, 강사는 예의 발랐다. 그곳엔 그의 신경을 곤두서게 하는 시끄러운 음악도, 눈을 침침하게 하는 어두운 조명도, 대놓고 그에게 무안을 주는 직원도 없었지만 마음이 편하지는 않았다. 처음 몇주간 그는 다른 수강생들과 인사를 나누면서, 수업에 집중력을 발휘하면서, 매일 주어지는 과제를 그럭저럭 해내면서 약간의 자신감을 되찾았다. 비로소 자신에게 어울리는 곳을 찾았다는 옅은 안도감에 휩싸일 때도 있었다.

그러나 한달을 채우지 못하고 그곳을 나왔다.

이후 그는 구청에서 하는 사진 입문 강좌에 등록했다. 복지센터에서 오카리나 연주하는 법을 배웠고, 자서전 쓰는 모임에도 나갔다. 민간 자격증을 취득할 수 있다는 약초 수업을 들었고, 문화재 해설사 과정을 기웃거리기도 했다. 모두 오래가지는 못했다. 그때마다 그는 수업이 장황하고 지루하다고, 쓸데없이 암기해야 하는 것이 많다고, 여러모로 자신에게 맞지 않는다고 스스로를 합리화했다.

사람들이 그에게 적대적으로 군 건 아니었다. 대놓고 무시하거나 무안을 주지도 않았다. 오히려 사람들은 그에게 호의를 보였고, 예의를 갖췄고, 친절을 베풀었다. 사람들은 그가 모르는 것을, 그가 할 수 없는 것을 기꺼이 대신해줄 준비가 되어 있는 것 같았다. 그가 뭔가를 단번에 이해하지 못할 때, 같은 질문을 반복할 때, 멈칫하거나 당황하는 기색을 보일 때. 그런 순간이면 언제 어디서든 도움을 주겠다는 사람이 나타났다.

그가 그것을 원하는지, 원하지 않는지는 중요하지 않았다.

그는 이런 느낌을 떨칠 수 없었다.

온전히 받아들여지지 않는다는 느낌. 묘하게 불청객이 되어가는 느낌. 잘못된 곳에 와 있는 느낌. 그와 사람들 사이에는 뭔가가 있었다. 소통을 방해하는 뭔가가. 관계를 가로막는 뭔가가. 매번 그를 주저하게 하고, 망설이게 하고, 결국 나가떨어지게 하는 뭔가가.

그러므로 이번 성경 수업도 그런 식으로 막을 내릴 가능성이 컸다.

그렇게 된다면, 또 그런 일이 생긴다면 그는 아무것도 더 시도하지 않을 생각이었다. 어느 날은 뭐든 해낼 수 있을 것 같다가 어느 날은 아무것도 할 수 없을 것 같고, 아직은 괜찮은 것 같다가도 모든 게 엄두가 나지 않는, 말하자면 그는 새로운 만남 앞에서, 낯선 사람들 사이에서 갈팡질팡하며 어쩔 줄 몰라하는 자신의 모습이 한심하고 답답했다.

어? 차가 있어요?

수업이 끝난 뒤 그가 주차된 차로 가고 있을 때, 누군가 큰 소리로 말을 걸었다. 남자였다. 검은 점퍼를 입은 남자. 그는 주차장 근처를 어슬렁거리다가 그를 보고 손을 들었다. 그는 고개를 까딱하고 말았지만 남자는 슬그머니 다가와 그와 나란히 걷기 시작했다. 해가 좋은 날이었다. 부드러운 바람 속에서 가까이 온 봄을 실감할 수 있었다.

차를 타고 와요? 왜요, 집이 멀어요? 근처가 아닌가보죠?

남자가 물었고 그가 마지못해 답했다.

집은 가깝습니다. 걸어다녀도 되는데 요즘 내가 다리가 아파요. 한참 전에 발목을 삐끗했는데 잘 낫지를 않네요.

그래요? 나도 다리가 정상이 아닌데. 이거 봐요.

남자가 한쪽 바지를 걷어 정강이를 보여주었다. 길고 붉은 흉터 자국이 드러났다. 남자는 오년 전에 수술을 받았는데 그게 잘못된 바람에 죽을 때까지 고생하게 생겼다며 투덜거렸다.

조심해야겠네요.

그가 스마트키를 눌렀다. 저쪽에 주차된 그의 차에서 삐빅 하는 소리가 났다. 그는 남자에게 다시 고개를 까딱했다. 그만 가달라는 의미였다. 그러나 남자는 그를 앞질러 가더니 그의 차 앞에 섰다. 그러고는 손으로 차체 여기

저기를 쓸어보며 감탄했다.

이 차예요? 야, 차 좋네요. 취향이 은근 신식이시네. 이거 외제차죠?

남자는 작정한 듯 차 주변을 크게 한바퀴 돌았다. 차창에 이마를 대고 차 안을 들여다보기까지 했다. 그의 차, 루비콘을. 햇살 아래서 푸른색 루비콘이 반짝였다. 그건 몇 년 전에 아들이 준 것이었다. 그냥 준 것은 아니었고, 그 차를 받는 조건으로 아들에게 목돈을 내줘야 했다. 빌려준다는 명목이었지만 돌려받긴 힘든 돈이었고, 겉으로는 멀쩡해 보이던 차를 타고 다닐 수 있을 정도로 수리하는 데 적지 않은 돈이 들었다. 아내의 간곡하고도 집요한 설득이 아니었다면 벌이지 않았을 일이었다.

그는 그 차가 마음에 든 적이 한번도 없었다고 말하는 대신 이렇게 대꾸했다.

먼저 가보겠습니다.

그런 다음 운전석 문을 열었다. 남자의 목소리가 그를 붙잡았다.

잠깐만요. 그런데 나 좀 태워줄 수 있을까요? 저쪽에 짐이 있는데, 무거워서 엄두가 안 나네요. 멀진 않아요. 진짜 가까워요. 여기서 십분 정도?

남자는 턱짓으로 주차장 뒤편을 가리키며 말을 이었다.

괜찮죠? 잠깐 있어요. 금방 가져올 테니까. 얼마 안 걸려요.

남자가 들고 온 건 커다란 마대였다. 합판 조각들이 삐져나와 있는 자루는 금방이라도 찢어질 듯했다. 그것이 본당 리모델링 공사의 폐기물임을 그는 나중에 알았다. 자루는 총 세개였고, 왔다 갔다 하는 남자를 보다 못한 그가 마지막 자루를 함께 끌고 왔다.

그는 남자가 일러주는 대로 운전했다. 교회 주차장을 벗어나 아파트 단지가 늘어선 4차선 도로로 접어들면서, 복잡한 골목길을 통과하면서, 약국과 편의점, 미용실과 빵집을 지나치면서 그는 생각했다. 왜 남자의 부탁을 거절하지 못했을까 하고. 왜 무례하기 짝이 없는 이런 요청에 응했을까 하고. 그러나 남자와 알 수 없는 목적지를 향해 가는 기분이 썩 나쁘진 않았다. 무엇보다 조수석에 누군가 탄 게 아주 오랜만이어서 이따금 지난 시절이 떠올랐다. 어떤 장면은, 어떤 순간은 그의 마음을 말할 수 없이 환하게 만들었다.

골목 끝에 이르자 비포장길이 나타났고, 흙먼지가 이는 좁고 가파른 길이 이어졌다.

차가 멈춘 곳은 등산로에서 멀지 않은 어느 공터였다. 컨테이너와 소형 트럭 한대, 비닐 천막과 쓸모를 알 수 없는 목재 더미가 여기저기 쌓여 있었다. 남자의 달처럼 교회에서 먼 곳은 아니었다. 사실 그의 동네라고 해도 될 만한 거리였다. 그러나 그가 전혀 예상하지 못한 풍경이어서 아주 멀리까지 왔다는 착각이 들었다.

요 앞에 세워요.

남자가 말했고 그가 차를 세웠다.

요걸로 애들 집을 좀 고쳐줄까 싶어서요. 우리 애들 사는 집이 영 부실해서. 아, 내가 벌을 키우거든요. 벌 알죠? 꿀벌. 꿀 모으는 벌요.

남자는 트렁크에서 자루를 하나씩 내린 뒤 천막 아래를 가리키며 들뜬 목소리로 말했다.

저기 보이죠? 저게 벌통인데 다 시원찮아요. 누가 준다고 해서 좋다고 가져왔더니, 저렇게 고물을 줄 즐 알았나.

천막 아래, 서랍장처럼 생긴 나무 상자들이 보였다. 남자의 말대로 상태가 그리 좋아 보이진 않았다. 크기와 모양이 제각각이었고, 비닐과 헌옷 같은 것들로 엉성하게 덮인데다 청테이프가 뜯긴 흔적까지 그대로 남아 있었다. 그러나 나름대로 공을 들인 모양새였고 꽤 정성이 느껴졌다.

한번 볼래요? 벌통 실제로 본 적 없죠?

그는 남자를 뒤따라갔다. 남자가 벌통의 뚜껑을 열고 납작한 틀 하나를 꺼냈다. 순식간에 벌들이 달려들었다. 사나운 날갯짓 소리가 곧장 귓속으로 돌진해왔다. 그는 고개를 흔들고, 팔을 내젓고, 뒷걸음치느라 그 틀을 제대로 보지도 못했다. 티브이에서나 봤던 벌집의 무늬도, 틀을 에워싼 꿀벌의 생김새도, 탐스러운 꿀의 빛깔도.

원래 요맘때 애들이 예민하긴 한데. 어, 왜 이러지? 오늘은 좀 심하네.

남자가 다가와서 벌을 쫓았지만 역부족이었다. 잠깐 사이 벌들은 그의 손등과 이마, 왼쪽 어깨와 뒤통수를 쏘았다. 따끔한 느낌이 지나갔고 열감이 오르는가 싶더니 욱신거리는 통증이 찾아왔다. 남자는 꺼낸 틀을 제자리에 넣고 그를 컨테이너 쪽으로 이끌었다.

여기 있어요.

남자는 그를 컨테이너 입구에 세워둔 채 안으로 들어갔다. 슬쩍 보니 내부는 생각보다 깔끔했다. 미니 냉장고와 가스버너, 간이 테이블이 보였고 안쪽에는 반대편으로 통하는 문이 있었다. 반쯤 열린 그 문 너머로 널찍한 마당이 보였다. 그곳도 남자가 사용하는 모양이었다. 그가 힐끔거리자 남자가 주의를 주듯 그를 몇번 돌아보다 이내 문을 닫아버렸다.

이거 한장씩 대고 있어요.

남자가 가지고 나온 건 물티슈였다. 남자는 깔고 앉을 만한 종이 상자도 하나 가져다주었다. 그러고는 그를 내버려둔 채 자루를 천막 아래로 옮겨 와 내용물을 한곳에 쏟아부었다. 그런 후엔 쪼그리고 앉아서 쓸 만한 합판 조각을 골라냈다. 남자의 움직임은 자연스럽고 거리낌이 없었다. 남자는 그의 존재를 신경 쓰지 않았다. 그가 거기 있다는 걸 잊은 사람 같았다.

이상하게도 남자의 그런 모습이 그의 마음을 차분하게 했다. 통증이 잦아들고 약간의 한기가 느껴졌다. 그는 양지바른 쪽으로 자리를 옮기며 물었다.

양봉은 언제부터 한 겁니까? 따로 배웠어요?

남자는 엉뚱한 대답을 했다.

벌침 효과라고 들어봤어요? 요 벌침이 사실 약인 거 모르죠? 관절염, 신경통, 뭐 그런 고질병들 있잖아요. 그거 고치려고 일부러 돈 주고 맞는 사람도 있다니까요. 에이, 이럴 줄 알았으면 아까 발목에 콱 쏘이는 건데 그럼 한방에 낫는 건데. 안 그래요? 맞죠?

남자는 히죽거렸다. 그런 모습이 어딘가 이상한 사람 같았다. 그러나 합판 조각을 크기별로 분류하고, 남은 자투리를 드럼통에 야무지게 던져넣을 때의 눈빛을 보면 그렇지도 않았다.

교회까지는 걸어서 옵니까? 걷기엔 좀 먼 거린데.

그가 다시 물었지만 남자는 이번에도 딴소리를 했다.

솔직한 말로 나는 교회에 갈 필요 없는 사람이에요. 왜냐? 거기서 뭘 가르치는지 알거든요. 절이나 교회나 다 똑같아요. 이거 하나만 알면 돼요. 만족하세요, 감사하세요. 난 그렇게 산 지 오래됐어요. 나는요. 진짜 교회에 갈 필요가 없는 사람이에요.

만족하세요, 감사하세요, 할 때 남자는 눈을 지그시 감고 가느다란 목소리를 냈다. 성경 수업을 이끄는 전도사 흉내를 내는 모양이었다. 그는 웃지 않았다. 그 말이 묘하게 자신을 꾸짖는 것 같아서였다.

그럼 교회에 뭐 하러 옵니까?

남자는 그 질문에도 대답하지 않았다. 다만 몸을 일으켜 점퍼를 벗은 뒤 그것을 힘차게 털었다. 노란 햇빛 속에서 하얗게 먼지가 피어났다. 남자는 자욱하게 피어오르는 먼지 속에서 어깨를 으쓱했을 뿐이었다.

그는 그곳에 삼십분 남짓 머물렀다.

운전해서 나오는 길에 사이드미러를 보니 남자가 손을 흔들며 서 있었다. 남자의 모습 뒤로 남자를 둘러싼 세계가 보였다. 비닐 천막과 벌통, 컨테이너와 트럭, 판자 무더기와 용도를 알 수 없는 잡동사니로 이뤄진 세계 봄기운이 완연한 세상과 달리 그곳은 무채색의 겨울 같았다. 손바닥만 한 사이드미러로도 다 채우지 못할 만큼 앙상했고 허름했고 너무나 보잘것없었다.

그래서 그는 한주 뒤에 자신이 남자와 다시 그곳을 찾게 될 거라곤 생각하지 못했다.

그날은 아침부터 비가 왔다. 수업이 끝날 무렵이 되자 가랑비처럼 내리던 빗줄기가 굵어지고 바람이 거세졌다. 남자는 비를 맞으며 그의 차 앞에 서 있었다. 머리칼과 옷이 다 젖은 채였다.

아이, 비가 와서 그런가 다리가 욱신거려 죽겠네요. 오늘도 짐이 있는데 잠깐 태워줄 수 있어요? 날씨가 이래서 부탁 좀 할게요.

그는 완곡하게 거절의 뜻을 내비치려고 했으나 그러지 못했다. 느닷없이 하늘에서 천둥이 치고 번쩍하는 빛이 일었기 때문이었다. 그는 천둥 번개가 치는 돌풍 속으로 한 사람을 내몰 만큼 모진 사람은 아니었다.

그럽시다. 타요.

그가 승낙하자 남자는 자연스럽게 조수석에 올랐다. 이번에도 그는 남자가 알려주는 대로 운전했다. 길은 잠깐씩 익숙한 듯했다가도 와이퍼가 빗물을 닦아낼 때마다 드러나는 풍경은 처음 보는 듯 낯설었다.

골목길에 접어들었을 때 남자가 말했다.

오늘은 저기 골목 끝에 내려주면 돼요.

비가 이렇게 오는데. 그냥 컨테이너까지 갑시다.

아니, 요 앞에 길이 비 오면 엉망이에요. 불안불안하다고 해야 하나. 거기가 정식으로 길을 닦은 데가 아니거든요. 아무튼 그래요.

왜요? 길이 있잖아요.

그게 정식으로 닦은 길이 아니고 내가 깔았어요.

그 길을 깔았다고요?

그럼 어째요? 트럭도 몰아야 하고, 자전거도 끌어야 하고, 한번씩 리어카도 써야 하는데.

그걸 혼자 했습니까?

왜 못해요. 얼마든지 하죠. 시간이 걸린다 뿐이지. 말하자면 긴데, 그 이야긴 다음에 해줄게요. 비 안 맞았을 때.

날씨 쨍할 때.

이어 남자는 발밑을 내려다보며 중얼거렸다.

아이고, 우리 애기들이 여기 있네요.

남자가 집어올린 건 벌이었다. 죽은 벌 세마리. 남자는 그것들을 손바닥 위에 올려놓고 요리조리 살피더니 나지막하게 소곤거렸다.

불쌍한 놈들. 좋은 곳으로 가라. 아멘.

그는 남자의 요청대로 골목이 끝나는 지점에 차를 세웠다. 거기서 컨테이너까지는 꽤 걸어야 했다. 비가 쏟아지고 있었지만 남자는 씩씩하게 내려서 가져온 짐 가방을 챙겼다.

그건 뭡니까?

그가 물었고 남자가 대답했다.

옷하고 그릇하고 뭐 이것저것. 버린다기에 들고 왔죠. 아무튼 이 교회는 이름처럼 참 사랑이 넘칩니다. 맞죠?

남자는 경례하듯 한 손을 이마에 갖다댄 다음 빗속으로 뚜벅뚜벅 걸어갔다.

그는 궁금했다. 남자의 집이 그 공터인지, 언제부터 거기 살았는지. 가족들은 있는지. 그곳이 그의 소유인지, 빌린 곳인지. 빌린 곳이라면 허가는 받았는지, 두단으로 점유

하고 있는 건지. 양봉으로 생활을 제대로 꾸릴 수 있는지, 그렇게 사는 이유가 무엇인지. 그러나 오래 생각하지는 않았다. 더는 그곳에 갈 일이 없다고 여겼기 때문이었다.

그는 성경 수업에 계속 나갔다.

그곳이 자신에게 어울린다는 확신이 든 건 아니었다. 수업에 큰 흥미를 느낀 것도 아니었다. 그는 얼마간 체념한 상태였다. 새로운 사람을 만나고 관계를 맺는 일이 꼭 필요한가 하는 의문이 들었고, 뭘 더 하고 싶은 마음이 생겨나지 않았다. 그는 그만 포기하고 싶었다. 마음속으로는 이미 포기한 것이나 다름없었다.

한동안 남자는 어떤 부탁도 하지 않았다. 그와 마주치면 경례를 하며 알은체를 했지만 그뿐이었다. 그리고 수업 마지막 날, 남자는 또 그의 차 앞에 서 있었다. 남자는 그를 향해 손을 흔들고 익숙한 듯 용건을 밝혔다. 차를 태워달라는 거였다. 그건 부탁이 아니라 요구처럼 느껴졌고, 그런 남자의 태도가 뻔뻔하다는 생각을 그는 처음으로 했다.

그래서 이렇게 물었다.

지난번에 보니 트럭이 있던데. 그걸 가지고 다니면 되지 않아요?

에이, 그런 걸 어떻게 갖고 와요. 누가 반긴다고. 이런 데 세워두면 다 꼴 보기 싫어하죠.

오늘은 내가 바쁜 일이 있습니다.

그는 정중하지만 냉담한 목소리로 말했다.

여기서 얼마 걸리지도 않는데요? 금방이잖아요.

남자의 그 말이 그의 인내심을 무너뜨렸다.

처음이 아니잖아요. 내가 그렇게 여유 있는 사람처럼 보입니까?

그는 자신이 남자로 인해 허비한 시간이나 그곳에 다녀올 때마다 세차를 해야 하는 수고로움에 대해선 언급하지 않았다. 남자는 물러서지 않았다. 오히려 그와 눈을 똑바로 맞추며 이렇게 되물었다.

여유고 뭐고 아무리 그래도 내 처지보다는 낫죠. 나랑 뭐 비교할 수나 있어요? 그렇잖아요. 맞잖아요.

원망이 담긴 목소리는 아니었다. 공격적인 말투도 아니었다. 남자는 의아한 얼굴로 묻고 있었다. 정말 그렇지 않느냐고 동의를 구하고 있었다. 그것이 이상한 방식으로 그의 마음을 누그러뜨렸다. 뭐랄까. 그가 내내 주시하고 있던 상실한 무언가가 아니라, 여전히 자신에 게 남은 어떤 것을 떠올리게 했다.

그는 남자와 함께 다시 공터로 향했다.

차가 도로와 골목을 차례로 지나 흙먼지가 이는 비탈길에 진입했다. 그리고 멀리 배구공 같은, 깨진 화분 같은 뭔가가 그의 눈에 들어왔다. 그걸 피하려고 핸들을 틀었는데 차가 덜컹하고 내려앉더니 멈춰버렸다. 내려서 보니 뒷바퀴 하나가 흙구덩이에 빠져 있었다. 그는 별일 아니라고 여겼다. 남자가 대수롭지 않게 반응한 탓이었다. 함께 내린 남자는 큼직한 돌들로 능숙하게 구덩이를 메운 뒤 말했다.

자, 밟아요. 핸들 틀고, 천천히.

그는 다시 차에 올라 가속페달을 밟고, 또 밟고, 계속 밟았다. 엔진음이 거세졌고, 바퀴 헛도는 소리가 요란했다. 차는 숨을 몰아쉬듯 들썩거렸지만 구덩이를 빠져나오지 못했다. 남자가 차를 밀기 시작했다. 사이드미러 속에서 차를 힘껏 미는 남자의 모습이 보이다가 말다가 했다. 컨테이너까지는 더 가야 했다. 오가는 차가 없어 도움을 구할 수도 없었다. 그는 다시 운전석에서 내렸다. 어쩐지 차는 점점 더 깊이 빠지고 있는 것 같았다.

가서 그 트럭 가져올 수 있습니까? 트럭에 연결해서 끌어봅시다.

한참 만에 그가 제안했는데 남자는 엉뚱한 소리를 했다.

나와요. 내가 해볼 테니까. 뒤에 가서 차를 밀어요.

남자가 고집을 부렸고 결국 그가 운전석을 내줬다. 남자가 하나, 둘, 셋 외치면 그가 차를 밀었다. 뜨거운 매연과 흙먼지가 솟구쳤다. 그는 눈도 제대로 뜨지 못한 채 두 손에 체중을 실었다. 차는 꿈쩍도 하지 않았다.

쉬지 말고 계속 밀어요!

남자가 소리쳤다.

그는 기침을 하면서, 땀을 흘리면서, 눈을 깜빡이면서 차를 밀었다. 발이 미끄러지고 몸의 중심이 휘청하면서 몇번이고 바닥에 고꾸라질 뻔했다. 그는 생전 처음 겪는 이런 상황이 난감했다. 자신을 점점 더 버거운 상황 속으로 몰아넣는 시간이 야속하고 원망스러웠다. 코가 매웠고 눈이 따끔거리며 눈물이 나오려고 했다. 그는 울고 싶었다. 아니, 그보다 더 절박하고 간절한 뭔가가 내부에서 넘칠 듯 일렁거렸다.

그는 생각했다.

정말 더는 못하겠다.

그는 사람에 대한 갈망이 크지 않았다. 새로운 만남이 기대되지 않았고, 사람들과 어울리는 데서 재미를 찾지 못했다. 그는 관계 안에서 기쁨과 만족을 얻는 부류가 아니었다. 그의 관심은 늘 외부가 아닌 내부로 향했다. 그는 사람을 만나고 관계를 이어가는 일에 소질이 없었다. 늘 어려운 숙제처럼 여겨지는 그 일을, 도무지 익숙해지지 않는 그 일을, 그럼에도 그는 그럭저럭 해왔다고 생각했다.

아내가 죽었을 때, 그는 낙담했지만 자신의 남은 삶을 걱정하지 않았다. 대체 불가한 관계를 잃었다고 생각했지만 남은 관계를 염려하지는 않았다. 그는 중요한 것을 상실했고, 그것이 무엇인지 제대로 안다고 믿었지만 여전히 모르는 게 틀림없었다. 자신이 누구를 잃었는지, 무엇을 잃었는지. 자신이 잃은 게 아내인지, 자기 자신인지, 그와 아내가 공유했던 것인지. 생각이 갈팡질팡하면서 그의 마음을 난장판으로 만들었다.

이 차까지 말썽이구나. 이제 이 차까지.

그는 중얼거렸다. 그리고 한순간 차가 구덩이를 빠져나왔다. 그가 그만두겠다고 결심했을 때. 그가 손을 떼고 차에서 한 걸음 물러났을 때.

공터에 도착하고 나서 남자는 컨테이너 안으로 그를 이끌었다. 이어 반대편으로 통하는 문을 열어주었다. 커다란 나무 아래 3인용 소파가 있었다. 그는 페인트 얼룩과

찢어진 자국을 피해 소파 끄트머리에 자리를 잡았다.

마셔요.

남자가 물 한잔을 가져다주었다. 플라스틱 컵에 담긴 물은 미지근했지만 달았다. 눈이 번쩍 뜨일 정도로 다디 단 물이었다. 그는 자신도 모르게 컵 속을 가만히 들여다 보았다.

꿀 좀 탔어요. 끝내주죠?

남자가 물었는데 그는 이런 이야기를 했다.

지난해에 말입니다. 우리 집사람이 죽었어요. 장례식장 에 사람들이 참 많이 왔습니다.

그 말을 하면서 그는 생각했다. 아내의 빈소에서 사람 들이 했던 말들. 휴식이니 평안이니 안식이니 하는 헛소 리들. 그는 그런 말을 입에 올리는 사람들이 꽤씸했다. 제 멋대로 아내의 삶이 고단했다 평하는 그들의 행태가 노여 웠다. 그는 그런 말들이 자신을 겨냥한다고 느꼈다.

그리고 이제 그 의미를 비로소 이해할 수 있을 것 같았 다. 남자는 멀찌감치 서서 그를 돌아보았지만 별다른 반 응을 보이지 않았다. 그의 말을 듣지 못한 모양이었다.

그는 생각했다.

아내는 아무도 만날 수 없고, 만날 필요도 없는 곳으로

간 거라고. 마침내 홀로 머무를 수 있는 먼 곳으로 떠난 거라고. 자신을 비롯한 수많은 사람들로 북적거리던 삶에서 놓여나 휴식과 평안, 안식이 있는 곳으로 돌아간 거라고.

그는 빈 컵을 감싸쥐고 등받이에 머리를 기댔다.

앙상한 나뭇가지에 연둣빛 이파리들이 돋아나고 있었다. 가지 사이를 통과한 햇살이 그의 얼굴에 따뜻하게 와닿았다. 그곳의 풍경은 처음 왔을 때와는 달라 보였다. 컵을 만지작거리면 입안에서 달콤한 내음이 감돌았고, 나른한 졸음이 밀려왔다. 그 순간이 그에게 잠깐의 평화를 가져다주었다. 그것은 남자를 만난 이후 일어난 모든 일들에 대한 미약하고도 충분한 보상처럼 느껴졌다.

저거 시동 안 걸린 지 꽤 됐어요. 보기에 멀쩡해도 그냥 고물이에요.

남자는 그가 차에 시동을 걸고 돌아갈 채비를 할 무렵에야 트럭의 진실을 털어놓았다.

그래요. 교회에서 봅시다.

그는 그곳에서 잠깐의 평온함을 누렸다는 것이, 약간의 안락함을 얻었다는 것이 믿기지 않았다. 사이드미러로 보는 그곳은 살면서 그가 한번도 생각해보지 않은, 어쨌든 자신의 삶에서 아주 멀다고 여긴 어떤 장소처럼 보였다.

한주 뒤 그는 교회의 정식 신자가 되었다.

수료식은 주일 예배의 마지막 순서로 열렸다. 수료식이 끝난 뒤, 그는 사람들과 함께 교육실로 이동했다. 전도사와 봉사자들이 성경책과 꽃다발을 선물로 주었다. 재킷 호주머니에 넣을 수 있을 만큼 간소한 꽃다발이었다. 사람들이 둘러앉고 나자 전도사가 그간의 교육 일정을 짤막하게 되짚었고, 사람들과 차례로 눈을 맞추며 축하 인사를 건넸다. 새 신자의 의무와 책임, 마음가짐과 생활에 대한 당부가 이어졌다.

자, 그럼 다 같이 기도하고 마치겠습니다.

한참 만에 전도사가 손을 모으고 눈을 감았다. 차분하고 느린 목소리가 실내를 고요하게 만들었다. 그는 잠깐씩 실눈을 뜨고 사람들의 얼굴을 살폈다. 남자는 테이블 끝 쪽에 앉아 있었다. 깍지 낀 손에 이마를 갖다댄 채 졸음에 빠진 듯 보였다. 이리저리 오가던 그의 시선이 벽에 걸린 십자가에 가닿았다. 십자가 아래, 거무스름한 자국이 보였다.

하나님, 감사합니다.

전도사가 힘주어 말했고 몇몇 사람들이 그 말을 복창하듯 따라 했다. 그도 소리 내지 않고 그 말을 가만히 읊

조렸다.

감사합니다.

그러면서 생각했다. 자신의 차 푸른색 루비콘과 그 앞에 서서 경례를 하던 남자의 모습을, 허름한 벌통과 합판이 담긴 자루를, 낡은 트럭과 정신이 번쩍 들 정도로 달았던 꿀물을, 사이드미러 속에서 멀어지던 낡고 초라한 전경을. 이전의 그였다면 마주할 이유도, 환영할 수도 없었을 이상하고 쓸쓸한 광경을. 그러나 그건 그가 혼자 힘으로 얻은 세계였다. 단 한번도 그려본 적 없고, 상상한 적 없지만 어쨌든 지금 그에게 주어진 유일한 것이었다. 아름답지도, 근사하지도 않지만 그가 어렵게 다다른 어떤 곳이었다.

모든 일정이 끝나고 그가 십자가 아래에 서 있을 때 사람들이 소곤거리는 소리가 들렸다.

아까 그 남자분 갔어요? 이거 작성해야 하는데, 그냥 가셨네.

교육실 뒤쪽에 봉사자 몇 사람이 모여 있었다.

누구요?

왜 수염 긴 남자분 있잖아. 교육은 성실하게 나오셨는데. 뭐 하시는 분인지는 모르죠?

몰라. 뭐 한다는 이야기를 들었는데. 연락처 안 받았어?

그는 십자가 아래 얼룩을 올려다보고 있었다. 그것은 젖은 자국 같기도 하고, 그을린 흔적 같기도 하고, 빛이 바랜 얼룩 같기도 했다. 그는 점점 진해지는 듯한, 미묘하게 번지는 듯한 그 자국을 골똘히 관찰하다가 사람들을 향해 말했다.

그 사람 양봉을 합니다.

서류 뭉치를 든 중년의 여자가 그를 돌아보았다.

아, 그래요? 그분을 잘 아세요?

여자가 물었지만 그는 다시금 얼룩을 올려다브는 데에 정신이 팔렸다.

성도 명부에 빠진 게 있어서 저희도 어쩌나 하고 있었어요. 그분 성함이 오영석씨죠?

여자가 다시 물었고 그는 그제야 얼룩에서 눈을 떼고 이렇게 답했다.

그 사람 이름은 박훈식입니다. 박훈식. 그게 그 사람 이름입니다.

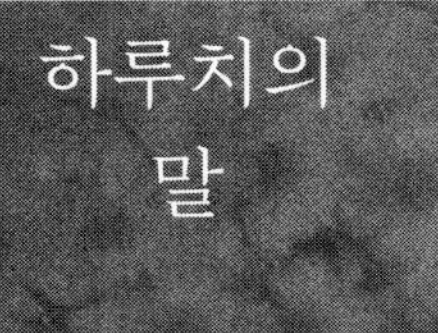

하루치의

말

금요일 저녁, 영화관 화장실에서 차례를 기다리고 있을 때 그녀는 그 전화를 받았다.

애실이냐? 밖이야?

어머니였다. 그녀는 목소리를 낮추고 나중에 통화하자고 했지만 어머니가 같은 말을 반복했으므로 결국 화장실 밖으로 나왔다. 그리고 한참 만에 어머니가 울고 있음을 알아차렸다.

엄마, 왜 그래? 무슨 일 있어요?

그녀가 물었고, 어머니가 말했다.

좀 와주면 좋겠다. 하루만이라도. 그럴 수 있니?

절박한 목소리가, 애원에 가까운 말투가 그녀의 마음을 흔들었다. 그녀는 그대로 영화관을 나왔다. 동행이 있는 것도 아니었으니까. 한달에 두어번, 금요일 저녁에 영화를 관람하는 건 그녀의 루틴이었다. 그녀가 영위하는 삶의 수준에서 과하지도 모자라지도 않게 유지할 수 있는 취미생활. 물론 그것이 이젠 습관처럼 되어버린 외로움을 적당히 포장하는 한 방식임을 그녀도 모르지 않았다.

애실은 곧장 집으로 가서 간단히 짐을 챙긴 뒤 고향으로 향했다. 어머니는 왼쪽 발에 깁스를 한 채 그녀를 맞았다. 며칠 전, 골목에서 갑자기 튀어나오는 자전거를 피하려다 발목이 부러졌다는 거였다.

별거 아니다. 수술할 정도는 아니래. 다행이지 뭐냐. 걱정하지 마라, 그럴 거 없어.

어머니는 그렇게 말했지만 깁스를 한 자신의 발을 내려다볼 때마다 심란한 표정을 감추지 못했다. 자책인지, 서글픔인지, 자기연민인지 모를 그 표정이 묘하게 마음에 걸렸다. 그래서 그녀는 주말마다 어머니를 만나러 갔고, 징검다리 연휴에 연차를 내고 사나흘씩 고향집에 머물렀다. 그러다 이곳에서 몇달 지내도 좋겠다는 생각에 이르렀다. 어머니의 설득 때문은 아니었다. 언젠가부터 어머니에게 미지의 영역이 되어버린 그녀의 일상엔 지켜야 할 것이 별로 없었다. 그러니까 고향으로 돌아와도 좋겠다는 생각이 들었을 때 그녀가 깨달은 건 바로 그것이었다. 그럼에도 두달 후, 자신이 어머니의 이불가게를 도맡게 될 거라곤 예상하지 못했다.

그녀의 어머니가 이십년 넘게 꾸려온 이불가게(레몬색 간판에 '따수미 침구'라는 다섯 글자가 흘림체로 적혀 있었다)는 어머니의 생계를 책임졌고, 때때로 그녀에게 기대하지 않은 도움을 줄 때도 있었지만 그녀는 그 가게에 이렇다 할 애정이 없었다. 아니, 애정을 운운할 정도로 관심을 가진 적도 없었다. 솔직히 그녀는 이불과 베개 같은 침구를 판매해서 돈을 번다는 게, 그걸로 생활을 이어간다는 게 늘 신기했다.

처음 한동안 어머니는 그녀와 함께 출근하고 퇴근하면서 그녀가 꼭 알아야 하는 사항들을 하나씩 짚어주었다. 계절과 소재, 가격에 따라 분류해둔 제품들의 이름과 특성, 매달 기입해야 하는 정산 항목, 정수기와 공기청정기 같은 가게 비품을 관리하는 방법에 이르기까지. 그러나 어머니는 점점 외출이 힘들어지는 듯 보였고, 그녀가 가게를 맡은 지 한달이 될 무렵에는 모든 것을 그녀에게 일임했다. 동네 정신건강의원에서 공황장애와 우울증을 진단받은 직후였다.

약 챙겨 드시고 잘 쉬면 나을 거예요. 마음 편히 가지세요. 무슨 일 있으면 바로 전화하시고요.

출근 전, 어머니에게 차분하게 당부를 건네며 그녀는 어머니의 얼굴을 가만히 살피곤 했다. 뭐랄까. 어머니의 얼굴엔 전에 없던 뭔가가 있었다. 수상한 것, 불길한 것, 조마조마한 것. 발목이 골절되면서 시작된 구체적인 몸의 통증이 어머니 내면 깊은 곳의 뭔가를 깨우고 불러낸 것 같았다.

그런 생각을 하면 겁이 났다.

그래서 이불가게까지 걸어가는 이십여분 동안 그녀는 더 먼 곳을 보려고 애썼다. 보도블록 너머, 깜빡이는 신호등 너머, 담벼락 너머, 지붕과 옥상 너머. 그런 식으로 걱정을, 불안을 떨쳐내려는 거였다. 그러나 뜻대로 되지 않을 때가 많았고, 그러면 일부러 가파른 골목길을 숨이 찰 때까지 걷다가 가게로 갔다.

그녀는 사는 내내 그래왔듯 큰 기대 없이, 욕심 없이 가게를 지켰다. 성실하지 않다는 의미는 아니었다 그녀는 아홉시가 되기 전에 가게 문을 열었고, 외부 매대에 진열할 상품을 신중하게 골랐다. 가게 창에 붙은 홍보 포스터의 위치를 점검하고 유리 출입문을 닦았다. 어머니가 여기저기 쌓아둔 물건들의 알맞은 자리를 찾아준 것도 그녀였다.

이따금 그녀는 가게 밖으로 나왔다가 가게 안으로 들어섰다. 그런 식으로 가게의 첫인상을 점검하는 거였다. 열평 남짓한 가게는 어머니의 감독 아래 있을 때와 비슷한 것 같기도, 새 주인이 된 그녀의 분위기를 닮아가는 것 같기도 했다.

어느 수요일 오후, 그녀는 출입문 앞에 선 채 밖을 내다보고 있었다.

비가 오려는지 날이 흐렸다. 가게 안에 나지막한 말소리가 오가고 있었지만 그녀는 그들의 이야기를 듣고 있지 않았다. 메밀 베개 하나를 사간 뒤 퍽 친근하게 구는 벽돌집 여자 노인의 이야기는 새로울 게 없었고, 몸이 불편한 일곱살 딸아이를 휠체어에 태우고 거의 매일 가게를 찾는 은주의 이야기도 마찬가지였다.

정신없이 떠들었더니 허기지네. 나가서 요깃거리 좀 사올까, 언니?

문득 은주가 그렇게 물었고, 그때 누군가 가게 쪽으로 다가오는 게 보였다.

어서 오세요.

그녀가 문을 활짝 열어주었고, 가게 안으로 들어서던

사람이 멈칫거리는 게 느껴졌다. 그녀는 계산대 근처에 모여 앉은 세 사람을 잠깐 돌아보았다. 그들이 그만 일어나주길 바라서였다.

찾으시는 게 있으세요?

손님에게 경쾌하게 말을 걸며 그녀는 세 사람을 한번 더 보았다. 그러나 그들은 떠날 생각이 없어 보였다. 벽돌집 노인은 이불이든 사람이든 껍데기가 아니라 속을 보고 골라야 한다는 훈수를 시작한 참이었고, 은주는 비스듬하게 고개가 꺾인 딸의 얼굴을 매만지며 무슨 말인가를 건네는 중이었다. 이전처럼 손님을 자신들의 푸념 섞인 대화에 끌어들이고, 마침내 새 침구를 사고 말고 하는 일이 삶에서 무슨 대수인가 하는 표정으로 손님이 가게를 스스로 나가게 만들 작정인 것 같았다. 그건 억측일지 몰랐지만 다시금 초조함이 올라왔다.

알러지 케어 이불을 보고 싶은데요.

그 손님, 흰 셔츠와 청바지 차림의 단발머리 여자가 이불 진열대 쪽으로 다가가며 말했다.

쓰시던 제품이 있으세요? 요즘은 알러지 케어 이불도 종류가 많아요. 충전재도 다양한 편이고요.

그녀는 친절하게 응대하며 여자의 차림새를 훑었다. 사

십대 중반, 많아도 오십은 넘지 않을 것 같은 여자는 깐깐했지만 무례하진 않았다. 요구사항은 구체적이었고, 그녀가 높은 선반에서 이불을 꺼낼 때엔 손을 보태주기까지 했다. 한참 만에 여자가 고른 건 샴페인 골드 색의 여름용 알러지 케어 이불 한채와 대형 바디필로우 하나였다. 그 사이, 다른 사람들은 모두 가고 없었다. 시간이 꽤 걸린 탓이었다.

자주 오시는 분들인가봐요.

계산대 앞에 마주 섰을 때 여자가 물었다.

네?

그녀가 되물었고 여자가 답했다.

아까 그분들요. 잠깐씩 놀러오는 거야 그럴 수 있지만 일에 지장을 주면 곤란하죠. 그럴 땐 사장님이 선을 확실히 그어야 해요. 사장님 가게잖아요. 저도 가게를 해봐서 알아요.

그녀는 카드 단말기에 신용카드를 밀어넣으며 고개를 끄덕였다. 주제넘는다는 생각은 하지 않았다. 쓸데없는 참견이라는 생각도 안 했다. 오히려 생전 처음 보는 그 사람이 (매일 자신의 가게를 찾아오는 사람들보다) 자신의 상황을, 형편을 진심으로 걱정하는 듯해 어쩐지 뭉클한 기분마저 들었다.

그녀는 여자를 문 앞까지 배웅하며 말했다.

고맙습니다. 또 오세요.

한주 뒤, 여자는 다시 왔다. 여름용 매트를 구매하기 위해서였다. 그리고 여자가 세번째 가게를 찾아왔을 때, 두 사람은 서로가 좋은 친구가 될 것임을 알아보았다. 그렇게 두 사람 사이에 우정이 싹트게 된 거였다.

애실은 간판 조명을 끄고 그 여자, 현서를 맞이하는 저녁 일곱시 무렵을, 클래식 음악이 흘러나오는 라디오 방송을 배경으로 나지막이 대화하는 시간을 기다리게 되었다.

처음 애실의 이야기는 이불가게를 운영하는 고충 정도에 머물렀다.

이불이랑 베개를 판다는 정도로만 알았지, 이렇게 종류가 많을 줄은 몰랐어요. 외울 게 얼마나 많은지. 종일 책자를 들여다보고 있는데도 외워지지가 않아요.

그녀가 말하면 그녀보다 다섯살 많은 현서가 답했다.

뭐, 처음부터 잘하는 사람이 있나요. 하나씩 배우고 익숙해지고 그런 거지. 저도 설계사 시작할 땐 밤새는 게 일이었어요. 나중엔 너무 답답해서 눈물이 나더라고요. 어느 날 새벽엔 식탁에 엎드려서 엉엉 울었다니까요.

어머, 설계사 일을 하세요? 보험설계사?

했었죠. 십년 정도 했나. 지금은 그만뒀어요.

저도 보험설계사 일을 해볼까 했었어요, 예전에. 누가 그러더라고요. 하면 잘할 것 같다고요. 그냥 해본 말이겠지만.

애실씨 정도면 잘하고도 남지. 근데 요즘은 돈벌이가 별로인 모양이에요. 예전에나 좋았지. 아무튼 이렇게 번듯한 이불가게가 있는데 뭐가 걱정이에요.

그런가요?

그럼요. 이만한 가게가 있는 게 얼마나 복이에요. 갖고 싶어도 못 갖는 사람이 얼마나 많은데.

일주일에 서너번, 한시간 남짓 이어지는 현서와의 대화가 애실의 일상에 활력이 되었다. 그녀가 가게 문을 닫고 어둠이 내린 골목을 되짚어 올 때, 멀리 어머니가 있는 집의 환한 창이 보이기 시작할 때 오늘 하루 나름의 역할을 했다는 뿌듯함을 갖게 했다.

그래서 얼마 후엔 자연스레 어머니에 대한 이야기를 꺼낼 수 있었다. 이십년 넘게 이불가게를 운영해온 어머니. 지금은 우울과 불안에 사로잡혀 있는 어머니. 그녀는 자신이 중학생이 되던 해에 어머니가 이혼을 했고, 자신

114

을 홀로 키웠다고 털어놓았다.

그래? 혼자 애 키우는 게 보통 일이 아닌데, 진짜 대단한 분이네. 어머니도 어머닌데, 애실씨도 마음고생 심했겠어. 한창 사춘기 때였잖아.

그랬나? 지금은 잘 기억이 안 나요.

애실씨가 착해서 그렇지, 뭐. 원망하진 않았어? 힘들었을 텐데.

아뇨. 오히려 다행이라고 생각했어요. 싸우는 걸 보는 게 괴로웠거든요.

그녀는 거의 매일 밤 아버지와 어머니가 육탄전에 가까운 싸움을 벌였다는 말은 하지 않았다. 어머니가 말로 아버지의 마음을 할퀴면 아버지가 프라이팬이나 냄비로 온갖 살림살이를 부수는 게 일종의 패턴이었다는 말도 삼갔다. 이혼 후 어머니가 복수하듯 이런저런 남자들을 만나는 동안 자신이 내내 방치되어 있었다는 말도, 자기학대에 가까운 어머니의 연애사가 모녀 사이에 돌이킬 수 없는 상처를 남겼다는 말도. 그것까지 말하는 건 어쩐지 망설여졌다. 자신의 부모를 돌이킬 수 없이 나쁜 사람으로 내모는 것 같았다.

그랬구나. 그럼 아버지와는 교류가 없었던 거야? 그 이후로?

그래서 애실은 아버지 이야기도 했다. 오래전, 그녀가 대학에 입학하고 얼마 되지 않았을 때 느닷없이 연락해온 일에 대해. 3월 17일 수요일. 아버지가 전화를 걸어온 날짜를 그녀는 잊지 않고 있었다.

애실이냐? 나다.

휴대폰 너머에서 들리는 굵은 목소리의 주인공이 아버지라는 것을 알았을 때, 그녀는 중앙도서관에 막 들어선 참이었다. 갑자기 쏟아지는 비 탓에 사람들이 건물 안으로 계속 뛰어들어오는 중이었다.

네? 아, 네.

그녀는 그렇게 대답하면서 주변을 살폈고 화장실 쪽으로 이동했다. 어디나 사람이 많았다. 오리엔테이션에서 보았던 동기들도 눈에 띄었다. 입학을 축하한다거나 그동안 연락을 못해서 미안하다거나 하는 아버지의 말을 건성으로 들으며 그녀가 자리를 잡은 곳은 비상계단이었다. 그녀는 두 손으로 휴대폰을 감싸고 계단 끝에 쪼그려 앉았다. 그러고 나자 심장 뛰는 소리가 무섭도록 커졌다.

한참 만에 아버지가 용건을 꺼냈다.

지금 학교에 있니? 잠깐 보면 좋겠구나.

지금요? 오늘이요?

그녀는 수업이 남았다, 끝나면 곧바로 아르바이트를 하러 가야 한다고 했지만 아버지는 물러서지 않았다. 애실은 거절하지 못했다. 오후 다섯시, 그녀가 수업을 마치고 나왔을 때 아버지는 후문 앞 담벼락에 기대어 있었다. 그 사이 비는 그쳐 있었다.

두 사람은 어색하게 안부를 나누다가 인파에 휩쓸리듯 골목 안쪽으로 걸어들어갔고, 천장이 낮은 허름한 식당에 자리를 잡았다.

모르겠어요. 그냥 딴사람 같았어요. 너무 말라서 그런가. 줄무늬 셔츠를 입고 있었는데 커피 같은 걸 쏟았는지 가슴팍에 뭐가 묻었더라고요. 왜 그런 옷을 그냥 입고 다니는지.

애실은 그때를 떠올리며 그렇게 중얼거렸다. 그곳에 얼마나 머물렀는지, 무엇을 먹었는지는 기억나지 않는데도 아버지의 표정과 옷차림만은 이상할 정도로 생생했다.

자기, 기분이 너무 그랬겠다.

현서는 그렇게 말하며 그녀의 무릎을 가볍게 토닥였다. 그러면서 더 이야기하지 않아도 된다는 듯 고개를 끄덕였다. 그것이 애실에게 용기를 불어넣었다.

밉기도 했는데 그보다는 그냥 불쌍했어요, 아버지가.

그날, 아버지는 애실에게 돈을 빌려달라고 했다. 딱 한 달만 쓰고 돌려주겠다고, 일이 잘되면 매달 용돈도 줄 수 있다고.

그래서 빌려줬어?

현서가 물었고 애실이 답했다.

네, 알바로 번 돈이 조금 있었거든요. 칠십만원 정도였나? 드렸어요.

그래, 잘했어. 나라도 그랬을 거야.

진짜, 언니였어도 그랬을까요?

애실은 그렇게 물었다. 같은 대답을 다시 듣고 싶어서였다.

그럼. 안 그랬으면 계속 마음에 걸렸겠지. 그보다는 줘버리는 편이 낫잖아.

그날, 두 사람은 처음으로 저녁을 함께 먹었다. 애실이 출퇴근길에 무심코 지나다니던 치킨집에서였다. 현서에게 살갑게 구는 주인 여자가 따뜻한 치킨과 맥주 두 잔을 내왔다. 애실은 약간의 해방감과 홀가분함 속에서 식사를 했다. 이따금 자신을 기다릴 어머니에 대한 걱정이 끼어들었지만 그 생각에 오래 붙잡혀 있지는 않았다. 현서가 자꾸만 익숙한 쪽으로 기울어지는, 원하는 쪽이 아니라 감당하는 쪽으로 향하려는 그녀의 주의를 돌려세운 덕분이었다.

애실은 말하고 들었다.

그것을 처음 배우는 사람처럼. 거기에서 즐거움과 유쾌함을 막 발견한 사람처럼. 맞다. 두 사람의 대화에는 그런 힘이 있었다. 그녀는 기뻤다. 자신에게 위로와 위안을 주는 이 소통이. 자신 또한 누군가에게 그런 것을 줄 수 있다는 사실이.

계산은 현서가 했다. 그러곤 자신 몫의 돈을 내겠다는 애실에게 포장한 치킨을 건네주며 말했다.

다음에, 다음에 사. 오늘 보고 말 것도 아니잖아. 참, 이건 가져가서 어머니 드리고. 알았지?

따뜻한 치킨 봉지를 들고 귀가하면서 애실은 자신이 했던 말들을 천천히 복기했다. 쓸데없는 말을 한 건 아닌지, 괜한 편견이나 오해를 산 건 아닌지 점검하는 거였다. 그건 그녀의 오랜 버릇이었고, 살면서 그녀가 말수를 줄이게 된 이유 중 하나였다. 그녀는 만남이 끝난 뒤 후회하고 자책하고 반성하는 자신이 싫었다. 그러나 그날은 미심쩍은 마음이 들지 않았다. 자신이 한 말이 모두 가치 있다고 여긴 건 아니었다. 다만 현서라면 이해할 것 같았다. 말을 둘러싼 보이지 않는 것들까지 읽어줄 것 같았다.

그녀는 알 수 있었다.

자신의 말에 귀 기울이는 현서의 표정을 보면, 현서의 목소리를 들으면 저 사람이 내 이야기에 깊이 공감하는구나 하고 느낄 수밖에 없었다.

그렇다고 애실이 늘 대화를 독점한 건 아니었다.

그녀는 자신의 말이 길어지지 않도록 단속했고, 현서도 자신의 이야기를 할 수 있도록 배려했다. 그건 그녀가 고만고만한 인간관계에서나마 지켜온 철칙이었고 그래서 얼마간 익숙한 일이기도 했다.

현서는 두해 전에 열여섯이 된 아들을 미국으로 유학 보냈고, 그 아들을 돌보기 위해 남편 또한 미국으로 보냈다고 했다. 세 식구의 생계를 현서가 홀로 책임지고 있는 셈이었다. 또 현서는 대학을 졸업하고 나서부터 닥치는 대로 일을 했다고 했는데, 학습지 교사부터 보험설계사, 택배기사, 자동차 영업사원까지 해보지 않은 일이 없었다. 그리고 마흔넷이 되던 해, 마침내 기회를 잡았다고 했다.

운 좋게, 다행스럽게. 그 기회를 잡고 나서야 돈이 안 되지만 그만둘 수 없었던 이런저런 일들을 정리했고, 비로소 세 식구의 생계를 걱정하지 않게 되었다고 했다. 그건 운도, 다행도 아니고 언니의 노력 덕분이라고 애실이 바로잡았다. 그러면서도 그 기회가 무엇인지 묻진 않았다. 그저 현서가 하는 여러 사업 중 하나일 거라고 막연히 짐작했다. 현서가 지나가는 투로 말했던 무인 카페니 애견샵이니 하는 그런 종류의 일일 거라고 여긴 것이었다.

그것에 관한 이야기를 들은 건 몇주가 더 지난 후였다.

기온이 32도까지 치솟은 여름 저녁, 애실은 강이 내다보이는 벤치에 앉아 있었다. 현서와 현서의 지인 두 사람이 함께하는 자리였다. 종일 세상을 뜨겁게 달군 해는 여전히 기세등등해서 저물 기미가 없었지만 여덟시가 지나자 거짓말처럼 어스름이 깔리기 시작했다. 거리어 조명이 켜지고 사람들이 강변에 자리를 잡았다. 어디선가 음악이 흘러나왔고 멀리 줄지어 서 있는 푸드 트럭의 행렬이 눈에 들어왔다.

우리도 뭐 좀 먹을까?

네 사람은 앞서거니 뒤서거니 푸드 트럭 쪽으로 다가갔다.

애실씨, 뭐 먹을래?

현서가 물었고 나머지 두 사람이 그녀를 보았다. 그녀

는 높다란 트럭 위에서 저마다의 방식으로 요리하는 사람들의 모습을 둘러보았다. 어떤 트럭 앞에는 벌써 긴 줄이 만들어지는 중이었고, 알록달록한 조명으로 시선을 끄는 트럭도 있었다. 화려한 음식은 구경하는 재미가 있었지만 맛을 예상하기 어려웠고, 가격이 비싸거나 시간이 오래 걸리는 음식을 고르는 것은 망설여졌다. 결국 그녀는 민트색 트럭에서 파는 문어 다리 구이와 바로 옆 트럭에서 파는 닭강정을 골랐다.

네 사람은 적당한 곳에 자리를 잡고 사 온 음식을 맛보았다.

강 쪽에서 선선한 바람이 불어왔다. 사람들의 말소리가 공중으로 떠올랐고 상쾌한 기분이 들었다. 애실은 이따금 고개를 들어 주변을 살폈다. 자신이 정말 이런 곳에 와 있는 게 맞나 싶었고, 전혀 다른 사람이 된 것만 같았다. 기분 좋은 착각이었다. 그녀는 어머니를 떠올렸다. 나중에, 기회가 된다면 어머니와 함께 이곳에 와도 좋겠다고 생각한 거였다. 생각은 종일 어머니가 홀로 지키는 어둑어둑한 방으로 향했다. 그곳에서 어머니의 하루가 어떻게 흐르는지 애실은 알지 못했다. 어머니에게 무엇이 필요하고, 어머니가 무엇을 원하는지도. 그녀는 지금껏 그것을 궁금해하지 않았다는 사실에, 실은 그것을 어머니가 감당해야 하는 어떤 대가로 여겨왔다는 자각에 새삼 놀랐고 약간의 미안함을 느꼈다.

어떨 거 같아, 애실씨?

맞은편에 앉은 현서가 물었고, 그녀가 답했다.

뭐라고 했어요, 언니? 나 못 들었어.

그녀는 현서 쪽으로 고개를 돌렸다. 멀리 무리를 지어 날아가는 새들이 보였다. 애실은 그 모습에 주의를 빼앗겼고 다시금 현서의 말을 놓쳤다.

푸드 트럭, 푸드 트럭 말이에요! 운영할 수 있다고 하면 한번 해볼 만하지 않아요? 기회가 생긴다면 말이에요.

애실 곁에 앉은 현서의 지인 한명이 소리치듯 말했다. 순간적으로 주변 사람들이 돌아볼 만큼 목소리가 컸다.

여름이 지나고 가을이 깊어가는 동안 애실의 일상엔 그녀 자신만이 알아챌 수 있는 사소한 변화들이 이어졌다. 그녀는 현서를 따라 교회에 나갔고, 새로운 사람들을 사귀었고, 요가를 시작했다. 어머니가 창고로 쓰던, 지금은 그녀의 차지가 된 방의 침대와 화장대를 바꾼 것도 그런 변화 중 하나였다. 일주일에 두어번 그녀는 어머니를 위해 저녁을 만들었고, 아홉시 뉴스 전에 방영되는 연속

극을 함께 보았다. 날씨가 좋은 저녁에는 어머니와 가벼운 산책에 나설 때도 있었다. 그건 그녀가 충분히 할 수 있었으나 할 거라고 생각하지 않았던, 지금껏 엄두를 내지 못했던 일들이었다.

그 시기, 애실에게 삶은 손에 잡히는 무엇이었다. 하루하루를 끌려다니듯 허비하는 게 아니라 자신이 삶의 고삐를 단단히 쥐고 있다는 느낌. 원한다면 고삐를 바짝 당길 수도, 느슨하게 풀 수도 있다는 믿음. 그건 지금껏 그녀가 가져본 적 없는 종류의 것이었다. 그녀는 자기가 그런 것을 갖게 되리라고 상상한 적이 없었다.

10월 마지막 주, 자신의 생일을 며칠 앞둔 수요일에 애실은 아버지에게 전화를 걸었다.

한참 만에 들려온 건 낯선 여자의 목소리였다.

장수택씨 휴대폰 아닌가요?

애실이 묻고 상대가 답했다.

맞아요. 누구예요?

저는 장수택씨 딸인데요. 아버지와 통화할 수 있을까요?

여자가 누군가를 부르는 소리가 났다. 곧 낮고 탁한 아버지의 목소리가 흘러나왔다.

저 애실이에요.

어, 그래. 무슨 일이냐? 전화를 다 하고.

잘 지내세요?

그래, 잘 지낸다.

그녀는 어머니가 아프다는 이야기는 하지 않았다. 자신이 고향으로 내려왔다는 말도, 어머니의 이불가게를 맡게 되었다는 말도. 아버지는 아버지로서 해야 할 법한 질문들을 형식적으로 늘어놓았지만 대답을 궁금해하는 눈치는 아니었다. 그는 당황한 것 같았고 어쩔 줄 몰라하는 듯했다. 그것이 자신에 대한 미안함 때문인지, 곁에 있는 누군가 때문인지 애실은 알 수 없었다. 아버지가 얼버무리며 통화를 끝내려고 할 때, 애실이 물었다.

아버지, 그때 저 찾아왔던 거 기억하세요? 저 대학 입학하고 얼마 안 됐을 때 학교에 오셨잖아요.

그래, 그랬던 거 같구나.

아버지가 느릿느릿 답했다.

돈을 빌려달라고 했어요, 저한테. 거의 육 년 만에 나타나서 한 말이 그 말이었다고요.

그래. 기억난다.

아버지의 목소리가 작아졌다. 잠시 침묵이 이어졌다.

말소리와 웃음소리 같은 주변 소음이 들리다가 말다가 했다. 아버지가 몇 차례 무슨 말을 하려다 그만두는 기색이 느껴졌다. 결심한 듯 아버지가 무슨 말을 시작하려 할 때 그녀가 끼어들었다.

그 돈은 잊어버리세요. 돈 때문에 연락한 건 아니니까. 그냥 엄마도, 아버지도 너무했다는 생각을 오래 했어요. 저는 안중에 없었잖아요, 두분 다. 저한테는 상처였어요. 너무 큰 상처여서 상처인 줄도 모르고 살았어요.

그래, 내가 사는 게 바빠서……

아버지가 사과인지, 변명인지 모를 말을 시작했고 그녀가 다시 끼어들었다.

그냥 제가 상처받았다는 말을 하고 싶었어요. 너무 큰 상처였다고요. 한번은 꼭 그 말을 해야 할 것 같았어요. 잘 지내세요.

그녀는 그렇게 말하고 전화를 끊었다. 그러곤 뜨거워진 휴대폰을 쥐고 출입문 쪽으로 다가갔다. 그녀의 시선이 거리에 깔린 노란 은행잎과 그것을 밟고 지나는 사람들의 뒷모습에 오래 머물렀다. 긴장이 가시면서 약간의 후련함이 느껴졌다.

잠시 후, 다시 전화벨이 울렸다. 그녀가 거의 반사적으로 전화를 받았을 때, 다급한 목소리가 흘러나왔다.

애실씨, 나야. 세탁소. 현서, 요즘도 거기 와?

인근에서 남편과 함께 세탁소를 운영하는 여자였다. 몇 달 전부터 현서를 포함한 몇 사람과 자주 어울리는 사이이기도 했다.

현서 언니요? 네, 오죠.

애실은 그렇게 대답했고, 한마디 더 했다.

언니, 지금은 미국에 가 있어요. 한달간 가족들을 만나러 간다고 했거든요. 무슨 일 있으세요?

그럼 마지막으로 본 게 언제야? 연락은 돼?

지난달에 마지막으로 봤나? 한달 정도 됐을 거예요. 연락은 안 해봤어요. 한국에 들어오면 연락한다고 했거든요.

애실은 계산대 쪽으로 다가가 탁상 달력을 집어들었다. 주문 품목, 반품 수량, 할인 요율, 어머니의 병원 일정 등이 빼곡히 적힌 달력은 하루하루를 열심히 산 나름의 기록 같았다. 다시금 질문이 날아왔다.

애실씨, 혹시 걔한테 돈 빌려줬어?

걔라는 호칭이 순간적으로 애실을 곤두서게 만들었다.

네, 어떻게 아셨어요?

그녀가 대답했고 곧바로 한숨 섞인 대답이 돌아왔다.

내 이럴 줄 알았어. 얼마를? 언제? 안 되겠다. 저녁에 잠간 봐. 가게로 갈게.

그렇게 해서 그날 저녁, 네 사람이 애실의 가게에 모였다. 세탁소 여자와 치킨집 여자, 근처 공인중개소에서 보조중개인으로 일하는 여자까지. 그들은 침통한 얼굴로 계산대 주변에 둘러앉았다. 이어 현서에 대한 놀라운 이야기가 쏟아졌다. 요약하면 현서가 사람들에게 돈을 빌렸고, 갚지 않고 있으며, 얼마 전부턴 연락조차 받지 않는다는 거였다. 천이백만원, 오백만원, 팔백칠십만원. 애실의 시선이 피해 금액을 구체적으로 밝히는 세 사람의 얼굴을 어지럽게 오갔다.

애실씨는 얼마나 줬어?

세탁소 여자가 묻고 애실이 중얼거렸다.

저는 칠백 정도 되는 거 같아요. 거의 팔백쯤 되나. 잘 모르겠어요. 봐야 해요. 한번 볼게요.

그녀는 멍한 표정으로 휴대폰을 열고 계좌 이체 내역을 확인했다. 충격을 받은 것처럼 보였지만 그렇지 않았다. 애실은 틀림없이 오해가 있을 거라고 믿었다. 그러니까 참을성도, 이해심도 없는 이 사람들이 문제를 크게 만들고 있다는 의심을 떨칠 수 없었다. 그러나 그 말을 입

밖으로 꺼내진 않았다.

칠백이십만원이네요.

애실이 중얼거렸고 치킨집 여자가 물었다.

언제 빌려간 거예요? 언제까지 준다는 말이 있었어요?

애실은 현서가 세번에 걸쳐 그 돈을 투자금 명목으로 빌려갔다고 말했다. 푸드 트럭 운영권을 확보하는 문제로 당시 현서가 고민이 많았다는 말도, 일부러 이런 상황을 만들 사람이 아니라는 말도. 사람들은 듣지 않는 것 같았다. 고소니 고발이니 하는 말이 나왔고, 피해를 본 사람들의 이름이 더 나왔다. 분노와 원망, 배신감과 후회가 난무하는 대화는 아홉시가 넘도록 이어졌고, 마침내 맥 빠진 얼굴로 모두 자리에서 일어날 때 누군가 못 참겠다는 듯 말했다.

다 거짓말이야. 본명도 현서가 아니라 현옥이더라고. 그년 그거 순 사기꾼이야.

애실은 지나치다고 생각했다. 그때까지도 현서와 연락이 닿으면 금방 해결될 문제라고 여긴 거였다. 그후 몇달간 현서에게 정기적으로 전화를 걸고, 메시지를 남긴 건 그 때문이었다.

그녀가 현서를 다시 본 건 이듬해의 일이었다.

2월 마지막 주 토요일, 그녀는 일찌감치 집을 나섰다. 현서를 만나기 위해서였다. 현서가 수감되어 있는 구치소까지는 차로 두 시간이 걸렸다. 그녀는 주차장에 차를 세운 뒤 곧장 민원실로 갔다. 키오스크에서 접견 예약증을 뽑고, 널찍한 민원실 로비를 이리저리 걸어다녔다.

해야 할 말과 들어야 할 말은 명확했으나 애실의 목적은 그것이 아니었다. 그녀는 자신이 무슨 말을 하고 싶은지, 현서에게 무슨 말을 듣고 싶은지 알 수 없었다. 오개월 남짓한 시간이 두 사람 사이를 어떻게, 얼마나 바꿔놓았는지 짐작할 수 없었고 그래서 겁이 났다. 그러나 접견실 유리 칸막이 너머로 민트색 수의를 입은 현서가 나타났을 때 애실이 가장 먼저 느낀 건 반가움이었다.

현서는 약간 마른 듯했고 나이가 더 들어 보였다. 그건 화장을 하지 못한 탓인지도 몰랐다. 두 사람의 시선이 잠깐씩 마주쳤다가 다른 쪽으로 비켜나길 반복했다.

침묵을 깬 건 애실이었다.

언니, 그동안 내가 연락 많이 했는데, 왜 답장 안 했어요?

탓하려는 건 아니었다. 추궁할 마음도 없었다. 그녀는 그저 알고 싶었다. 현서에게 무슨 일이 있었는지, 왜 일이 이렇게까지 되었는지.

그렇게 됐어. 면목이 없다.

현서가 답했고, 애실이 말했다.

나한테는 말해줘도 됐잖아요. 사정을 말했으면 그런가 보다 했을 텐데.

현서는 고개를 끄덕일 뿐 대꾸하지 않았다. 굳게 입을 다문 채 테이블의 한 지점을 주시하는 현서의 표정이 말할 수 없이 낯설었다. 그것이 마음을 불안하게 했다. 그녀는 조금 더 말했다. 하소연인지 푸념인지 설득인지 애원인지 모를 말들을. 말 속에서 미처 알아차리지 못한, 예상하지 못한 감정들이 이리저리로 튀어올랐다.

애실아, 네가 어떻게 들을지 모르겠지만 그동안 내가 너한테 한 거 생각하면 이렇게까지 할 건 아니지 않니? 어떻게 고소를 할 수 있어? 내가 잘했다는 게 아니고, 너도 알 거 아니야. 그동안 내가 너한테 어떻게 했는지. 적어도 내 사정 들을 때까지 기다릴 순 있었잖아.

중얼거리는 현서의 목소리에 억누른 감정이 느껴졌다. 애실은 곧바로 수긍했다.

저도 그러려고 했어요. 그런데 사람들이 이렇거라도 해야 만날 수 있다고 해서…… 언니, 나 독촉하려고 온 거 아니에요. 그냥 얼굴 보고 이야기하고 싶어서 온 거예요. 나도 알아요, 언니가 나 많이 챙겨준 거. 그거 모르지 않아요.

마음이 급했다. 접견 시간은 고작 십분이었고, 금방이라도 이 만남이 중단될 것 같았다. 애실은 말하고 싶었다. 현서로 인해 바뀐 일상들, 회복되고 변화하는 관계들. 그러니까 이전보다 가까워진 어머니와의 관계에 대해. 지난 가을 아버지와 나눴던 짧은 통화에 대해. 이불가게를 이전하고 말고 하는 계획에 대해. 새로 알게 된 이웃들의 근황에 대해. 해야 할 이야기는 너무 많았고, 계속 새로운 이야기가 뒤따라왔다. 그녀는 앞서가는 말을 따라잡느라, 뒤따라오는 말을 챙기느라 숨이 찼다.

현서의 차분한 목소리가 그녀의 말을 가로막았다.

애실아, 여기 있으면 제일 좋은 게 뭔지 아니?

현서가 고개를 들고 그녀를 보았다. 아무런 감정이 느껴지지 않는 고요한 표정. 그건 그녀가 지금껏 한번도 본 적 없는 현서의 얼굴이었다.

조용하다는 거야. 원하는 만큼 조용하게 있을 수 있다는 거. 아무 이야기도 안 들어도 된다는 거.

현서는 결심한 듯 자세를 고쳐 앉고 마지막 말을 건넸다.

애실아, 그동안 네 이야기 들어주는 거, 그거 쉽지 않았어. 어쨌든 일이 이렇게 되어서 미안하다. 돈은 어떻게든 갚을게. 더는 오지 마.

무슨 말이에요, 언니? 왜 그래요?

애실이 멍한 얼굴로 되묻자 현서가 무섭도록 정중한 말투로 말했다.

장애실씨, 정말 죄송합니다. 제가 돈은 어떻게든 꼭 갚아드릴게요. 그러니 더는 찾아오지 마세요. 부탁합니다.

접견이 끝났다는 안내 멘트가 나왔다. 현서는 기다렸다는 듯 자리에서 일어나 접견실을 나가버렸다. 그렇게 만남이 끝나버린 거였다. 애실은 쫓겨나듯 접견실을 나왔고 널찍한 민원실 로비로 되돌아왔다. 막 진공 상태를 벗어난 것처럼 소음이 한꺼번에 그녀를 덮쳤다. 그녀는 빠른 걸음으로 건물을 나와 주차장으로 걸었다. 그러곤 겨울의 냉기가 감도는 운전석에 앉아 숨을 골랐다. 하얗게 입김이 피어났고 차가운 손끝이 따끔거렸다.

멀리 주차장 한가운데에 서 있는 한 사람이 눈에 들어왔다. 패딩을 입은 남자는 생각에 잠긴 듯 바닥의 한 지점을 노려보는 중이었다. 그러다 두 손으로 얼굴을 감쌌고 한참 만에 정신을 차린 듯 고개를 들었다. 그 모습이 묘하게 익숙했다. 맞다. 그녀는 사람들을 생각하고 있었다. 그

동안 자신이 만나온 사람들, 시간과 마음을 나눈 사람들, 한순간 멀어진 사람들, 이유도 까닭도 묻지 못하고 끝나버린 관계들. 그녀는 사는 동안 수없이 오답을 적어냈던 문제의 해답을 비로소 어렴풋하게나마 찾은 것 같았다.

애실은 다 기억나지도 않는, 이제 주워담을 수도 없는 말들을 생각했다. 그러면서 다시금 말을 간직하는 법을 배워야 할지도 모르겠다고 중얼거렸다. 매일 밤, 차갑고 딱딱한 마음을 파서 하루치의 말을 묻는 일. 매일 조금씩 더 깊이 파고, 오래 파는 행위에 적응하는 일. 말들이 튀어나오거나 새어나오지 않도록 마음을 단단하게 다지는 일. 그러니까 안전하고 평화로운 하루를 영위하는 현명한 사람들이 매일 반복하는 일. 그건 애실이 평생 노력했으나 좀처럼 익숙해지지 않던, 현서로 인해 잠시 잊었던 일상이었다.

다시 그곳으로 돌아가야 할 시간이었다. 그녀는 민원실 건물을 잠깐 바라본 뒤, 시동을 걸었다.

우연의 직조

우연의 직조

1

면접에 오라는 연락을 받고 우나는 생각했다.

왜 나를?

아무런 기대를 하지 않은 건 아니었다. 하지만 이렇다 할 경력도 없는 자신의 변변찮은 이력서에서 안지일이 뭔가 반짝이는 것을 발견했을지 모른다는 기대는 금세 자신이 맡게 될지도 모르는 그 업무가 시시하고 별 볼 일 없을 거라는 우중충한 전망으로, 습관적인 자괴로 바뀌었다.

그 일자리를 소개한 건 친구 채영이었다. 미대를 졸업한 뒤 소규모 갤러리를 전전하면서도 언젠가 큐레이터로 크게 성공할 거라는 희망(우나의 눈엔 그건 오기나 고집으로 보였다)을 놓지 못하는 채영이 함께 일하자고 제안

할 때까지만 해도 우나는 그 사람, 안지일에 대해선 아는 바가 없었다.

안지일? 그게 누군데?

그래서였을 것이다. 안지일이라는 이름을 입에 올릴 때마다 약간은 들뜬 표정이 되는 듯한, 어쩐지 황홀해지는 듯한 채영의 눈을 똑바로 바라보며 질문한 것은. 유난스럽다거나 한심스럽다는 속내는 들키고 싶지 않았으나 실패한 듯했다.

우나의 질문이 끝나자마자 채영이 정신을 차린 듯 약간은 냉담한 목소리로 대꾸했기 때문이었다.

내가 아는 선생님이라서 그러는 게 아니라 진짜 대단하신 분이야. 인터넷에 검색해봐. 페이도 괜찮은 편이고, 너 글 쓰는 데도 도움 될 거야. 이상한 일이면 내가 같이 하자고 하겠니? 솔직히 말만 하면 지금이라도 당장 하겠다고 할 애들이…… 아니다.

채영은 새어나오는 말을 단속하듯 거기까지 말하고 입을 다물어버렸다.

　—일당 십만원. 원고료 별도.

　—전시실에서 관람객의 반응을 기록하는 일. 육체적으로 고되지 않음.

─화요일에서 목요일. 오전 열시부터 오후 여섯시까지. 딱 세달만.

집으로 돌아오는 길에 우나는 붐비는 지하철 안에서 휴대폰 메모장을 열었고, 누가 봐도 장점이라고 여길 만한 그 일의 조건을 하나씩 나열했다. 하지만 마음이 움직이진 않았다. 안지일이라는 개인이 직접 고용하는 방식, 미술이나 전시에 무지한 자신의 상태, 어시스턴트라는 세련되어 보이는 직책 속에 숨은 여러 잡무의 종류나 강도가 불안하게 느껴진 탓이었다.

그러나 지하철에서 내릴 즈음에는 꿈쩍도 않던 마음이 천천히 움직이는 게 느껴졌다. 인터넷에 떠돌아다니는 안지일에 대한 무수한 정보가 긍정적인 인상을 심어준 게 분명했다.

1967년 충청북도 옥천 출생. 현대미술가, 조각가, 설치미술가. 우민미술상 수상 등등.

그의 이력은 화려해 보였으나 우나 자신이 그의 존재를 전혀 알지 못했다는 점에서 아주 유명한 사람은 아닌 것 같았다. 하긴 그 정도로 유명했다면 그가 어시스턴트를 구하고 있다는 소식을 우나가 들을 일도 없었을 것이었다. 우나는 그의 인터뷰 사진들을 하나씩 넘겨보았다. 웃음기가 거의 없는 그의 표정은 날카롭고 예민해 보였으나 묘하게 애수와 체념의 정서를 품고 있는 듯했다.

그리고 한장의 사진이 우나의 시선을 사로잡았다. 광장 분수대 앞에서 아이스크림을 먹고 있는 사진. 그는 아이스크림이 흘러내릴까봐 걱정하는 아이처럼 고개를 약간 기울인 채 손에 든 아이스크림을 바라보고 있었다. 뒤편으로 고풍스러운 건물들과 외국어로 쓰인 간판들이 보였다. 유럽의 어느 소도시인 모양이었다. 며칠 뒤 우나가 그 일을 하겠다고 했을 때 채영이 의외라는 듯 이유를 물었지만 우나는 웃고 말았다. 그 사진, 장난스러운 표정으로 아이스크림을 응시하는 안지일의 모습이 자신의 마음을 움직였단 말은 꺼내지 않았다.

면접일은 수요일이었다. 아침부터 날이 흐리더니 우나가 집을 나설 무렵엔 장대비가 쏟아졌다. 그녀는 셔츠가 젖지 않게 우산을 똑바로 세워 들고, 물웅덩이를 디디지 않게 주의하면서 걸었다. 그러면서 사진에서 보았던 안지일의 특징적인 모습을 상기했다. 그런 것을 단서 삼아 안지일이라는 사람을 예측해보려는 거였다. 그러나 그것이 안지일이 미술가라는 데서 오는, 그녀가 자라면서 습득한 편견과 고정관념이 만들어낸 상투적 이미지에 불과하다는 사실을 깨닫진 못했다.

안지일의 집은 지하철로 한시간 거리였고, 역에서 나온 뒤에도 골목을 한참 걸어올라가야 했다. 빨간 벽돌로 지은 이층짜리 단독주택. 칠이 벗겨진 남색 대문에 '접근 금지(개 조심)'라고 적힌 나무 팻말이 걸려 있었다. 매직으로 반듯하게 쓰인 글자는 빛이 바랬으나 그것을 썼을 누군가의 날선 감정은 뚜렷하게 남아 있는 듯했다.

그녀는 옷차림을 매만진 뒤 심호흡을 하고 벨을 눌렀다.

누구세요?

인터폰에서 여자 목소리가 흘러나왔다.

혹시 여기가 안지일 선생님 댁인가요?

그런데요.

저 면접을 보러 왔어요. 이우나입니다.

땅 하는 소리와 함께 대문이 열렸다. 우나는 대문을 살며시 열고 안을 살폈다. 낙엽이 깔린 마당은 고요했다. 우나는 오래 관리를 하지 않은 듯한 마당을 지나 현관 앞에 섰다. 개가 있는지 없는지 물어야겠다고 생각했지만 그러지 못했다. 뿔테 안경을 쓴 중년 여자가 나와 우나를 곧장 안지일에게로 안내했기 때문이었다.

이우나씨? 어서 와요. 그래, 식사는 했어요?

안지일은 방으로 들어서는 우나를 보며 그렇게 물었다. 그러곤 갑자기 생각난 듯 책상 서랍을 열어 쿠키 몇개를 꺼냈다.

맛볼래요? 맛이 괜찮은데.

우나는 그가 건네주는 쿠키 두개를 받아 들고 안지일의 맞은편 의자에 앉았다. 고개를 들면 책상 앞의 그가 바로 보였다. 그는 사진에서 본 것과 많이 달랐다. 자세가 구부정한 탓에 더 나이가 들어 보였고, 눈빛엔 생기가 없었다. 그에게선 날카로움도, 우울이나 애수의 정서도 찾아볼 수 없었다. 그건 그가 창을 등지고 앉은 탓인지도 몰랐다. 날이 개는 모양인지 창을 통과한 햇살이 둥그렇게 그를 감싸고 있었다. 아니, 그를 지그시 내리누르는 듯 보였다. 그는 그 햇살도 이겨낼 수 없을 만큼 기진맥진해 보였다.

채영 학생을 통해서 들었겠지만 어려운 일은 아니에요. 전시 기간 동안 관람객 반응 기록하고, 일지도 작성하고, 인터넷에 리뷰 올라오는 거 정리해주고, 홍보가 될 만한 글 가끔 올려주고 그러면 돼요.

일지랑 리뷰 작성하는 데 정해진 양식이나 분량이 있을까요?

그녀가 물었고 그가 쿠키를 한입 베어 물며 말했다.

전혀. 알아서 하면 됩니다. 채영 학생한테 물어도 되고. 뭐, 보수를 받는 만큼 양심적으로 하면 가장 좋겠죠. 글을 쓴다고 들었는데, 맞아요?

그의 입술 사이로 붉은 혀가 튀어나와 쿠키 부스러기가 묻은 입가를 핥았다. 우나는 재빨리 시선을 돌렸다. 뭔가 역겨운 모습을 보게 될지도 모른다는 생각이 들었고, 그런 감정을 얼굴에 드러내는 실수를 저지르고 싶지 않아서였다.

네.

어떤 글을 씁니까?

소설을 씁니다.

소설? 그래요, 그럼. 소설 쓴다고 생각하고 하면 되겠네. 아, 거짓말로 쓰라는 뜻은 아니고, 편하게 쓰면 된다는 말입니다.

뿔테 여자가 차를 내왔다. 여자에게서 매운 생강 같은 냄새가 났다. 우나는 진하게 우린 녹차를 마시며 안지일의 방을 둘러보았다. 방은 길쭉한 형태로 아주 넓진 않았다. 문과 마주 보는 쪽에 책상이 있고, 양쪽 벽면에는 원목 책장이 가득 들어차 있었다.

안지일의 질문이 이어졌다.

글 쓰는 일 말고 다른 일도 합니까? 글만 써서는 생활하는 게 쉽지 않을 텐데요.

아, 그래서 다른 일을 구하는 중이에요.

그래요? 그럼 잘됐군요. 내 생각엔 이 일이 이우나씨에게 딱 맞을 겁니다. 글 쓰는 데에도 도움이 될 테고.

그런 후에 그는 한 손으로 책상의 표면을 쓸며 혼잣말을 했다. 나지막한 목소리였기 때문에 우나의 몸이 조심스레 책상 쪽으로 기울었다. 그가 주의를 주듯 우나와 눈을 맞추며 목소리를 높였다.

그나저나 이우나씨는 전시 보는 거 좋아합니까? 미술관에 자주 가는 편인가요?

우나는 미술이나 전시와는 거리가 먼 사람이었다. 그녀의 마음은 갈팡질팡했다. 업무는 어렵지 않아 보였지만 구체적이지 않다는 점이 꺼림칙했고, 체계가 없다는 점도 불안했다. 그러나 그 순간엔 안지일이 자신에게 퇴짜를 놓을 수 있다는 생각이 들었다. 우나는 기회를 놓치고 싶지 않았다.

좋아하긴 하는데 자주 가지는 못하는 편입니다.

그래요? 가만있어보자. 그럼 올해는 몇번이나 갔어요,

대충?

서너번 정도 간 것 같습니다.

거짓말이었다. 그는 그 대답에 점수를 매기는 사람처럼 고개를 끄덕였다. 그런 후엔 엉뚱한 질문을 했다.

쿠키를 깔끔하게 먹는 법이 있을까요? 한꺼번에 입에 집어넣는 거 말고.

네?

이우나씨는 이런 생각 할 때 없나요? 다른 사람들한테는 실없이 들릴 만한 고민을 진지하게 한 적 없어요?

그 순간, 그의 목소리가 묘하게 냉랭해졌다고 느낀 건 착각일지도 몰랐다. 그럼에도 불안을 떨치기 어려웠다. 그가 혀로 입가를 핥았을 때 자신이 불쾌한 표정을 지었을지도 모른다는, 그가 그것을 알아챘을지도 모른다는 우려였다. 그는 다시금 쿠키 하나를 집어 입으로 가져갔다.

선생님, 궁금한 게 있는데 여쭤봐도 될까요?

그래서였을 것이다. 화제를 돌리기 위해 충동적으로 입을 연 것은. 그가 흔쾌하게 고개를 끄덕였고, 우나가 질문했다.

대문에 개조심이라고 적혀 있던데, 개가 없는 거 같아서요. 혹시 그냥 붙여놓으신 건가요?

쿠키를 우물거리던 그의 입이 멈췄다. 그는 무표정한 얼굴로 우나를 바라보았고, 못 참겠다는 듯 손바닥으로 책상을 때리며 말했다.

합격!

그리고 우나가 방을 나오기 직전에 한마디 더 했다.

그런데 오늘 생일이네요? 이력서를 보니까. 태어나기 나쁘지 않은 계절이죠, 가을은. 아무튼 축하합니다.

2

안지일의 세번째 개인전은 시립공원 옆에 자리한 소규모 갤러리에서 세달간 열릴 예정이었다.

'질주하는 시선'이라는 타이틀이 붙은 그 전시는 괴상한 설치물들이 주를 이뤘다. 천장에 뭔가를 매달아놓거나 바닥에 알 수 없는 조형물을 늘어놓은 것이 대부분이었다. 정밀하게 세팅한 조명이 켜지기 전까지, 우나의 눈에 그것들은 작품이 아니라 잡동사니처럼 보였다. 언젠가 국도변을 지나다 들른 컨테이너 카페, 그곳 내부를 치장한 조잡한 장식물과 다를 바가 없었다.

우나는 자신이 이해하지 못하는 것에서 의미를 찾는 사람이 아니었다. 숨어 있을지도 모르는 어떤 의미를 발견하기 위해 인내심을 발휘하는 타입도, 타인의 선호와 평가에 영향을 받는 부류도 아니었다. 우나는 자신이 쉽게 볼 수 있고, 들을 수 있고, 느낄 수 있고 그래서 곧바로 이해할 수 있는 것들에 매료되곤 했다. 쉬운 것, 단순한 것, 정돈된 것. 바로 그런 점이 자신의 글을 망치고 있다는 것 또한 모르지 않았다.

전시 첫날, 우나는 전시실 입구에 붙은 난해하고 어려운 소개글을 다른 사람들처럼 천천히 정독했다. 상실과 부재, 존재와 세계 같은 단어들은 뒤섞이고 겹쳐지면서 의미를 계속 감추는 듯 보였다. 읽을수록 무슨 말인가 싶었고, 되풀이해 읽으면 간신히 파악한 의미조차도 속절없이 흩어지기 일쑤였다. 우나는 거기 적힌 말들이 죄다 뜬구름 잡는 소리처럼 느껴졌으나 그것에 대해 언급하지 않았다.

소개글부터 이렇게 좋을 수 있어? 반칙이지. 말이 돼?

곁에 있던 채영의 입에서 그런 말이 흘러나왔기 때문이었다. 우나는 동의하는 척 고개를 끄덕이고 말았다. 채영과 안지일의 관계가 얼마나 가까운지 알 수 없는 만큼 언행을 삼갈 필요가 있다고 느껴서였다. 채영이 자신의 말을 안지일에게 옮길 거라고 생각한 건 아니었다. 채영은 그런 사람은 아니었다. 그러나 사람을 보는 안목이 부족했고 (그건 채영의 연애사에서 극명하게 드러났다), 작품을 해석할 때면 성급함이 앞섰다. 미술이나 전시에 무지한 우나의 눈에도 그것은 채영의 치명적인 결점처럼 보였다.

안지일은 갤러리에 딱 한번 왔다. 오프닝 행사가 예정되어 있던 저녁, 그는 지나가다 문득 들른 사람처럼 무심히 전시실 이곳저곳을 어슬렁거리다가 자신의 순서가 되자 전시실 한가운데로 나와 준비해 온 인사말을 했다. 샴페인 잔을 든 채 경쟁적으로 대화에 몰두하고 있던 모두를 단번에 집중시킬 만큼 인상적인 스피치였다. 뛰어난 언변 때문은 아니었다. 오히려 그의 말은 답답하다 싶을 정도로 어눌했다. 그럼에도 말투와 표정, 태도와 몸짓, 겸손함을 드러내는 동시에 부드럽게 자신감을 어필하는 타이밍이 기가 막히게 맞아떨어지면서 사람들에게 강렬한 인상을 남기는 데에 성공했다.

멀찌감치에서 그 모습을 보고 있자니 그는 꼭 다른 사람 같았다. 그는 햇살에 짓눌려 기진맥진해 보였던 사람도, 혀를 내밀어 쿠키 부스러기를 핥아 먹던 사람도 아니었다. 그날, 그는 누가 봐도 그 전시의 주인이었다. 그만한 자격이 있는 사람이었다.

이튿날부터 우나와 채영이 관람객의 반응을 수집했다. 휴관인 월요일을 제외하고 우나가 화요일부터 목요일까지, 채영이 금요일부터 일요일까지 전시실 내부를 지켰다. 두 사람은 매일 일지를 작성해 안지일의 메일로 전송했다. 그리고 보름이 지날 무렵, 안지일이 우나에게 주말에도 나와달라고 요청했다. 주말에 전시실이 붐빈다는 게 이유였다. 그는 주말에 한해 1전시실과 2전시실을 채영에게, 3전시실은 우나에게 맡기겠다고 통보했다. 그것이 불필요한 오해를 불러왔다.

갑자기 왜 그러시지? 왜 그런 거 같아?

채영은 그 상황을 쉽게 받아들이지 못했다. 우나에게 그동안 작성한 일지의 분량과 내용을 지나치다 싶을 만큼 꼬치꼬치 캐묻는 걸 보면 의구심이 불만으로, 불만이 불안으로 번지고 있다는 것을 알 수 있었다. 우나도 모르지 않았다. 채영을 불안하게 만드는 게 「눈동자」라는 것을. 안지일이 오랜 기간 심혈을 기울여 완성했다는 그 작품은 이번 전시의 대표작이었고, 그래서 작품이 위치한 3전시실은 관람객들이 가장 오래 머무는 장소이기도 했다. 채

영은 자신이 대표작을 수호하는 파수꾼 역할에서 밀려났
다고, 안지일이 더는 자신을 신뢰하지 않는다고 느끼는
것 같았다.

우나의 생각은 달랐다. 1전시실에서 관객들의 반응이
가장 다채롭고 복잡하지 않느냐고, 3전시실에 이르면 관
객들의 감상이 뻔하고 단순해지지 않느냐고, 선생님이 네
게 더 까다롭고 중요한 역할을 맡긴 거라고 채영을 다독
인 건 정말 그렇게 믿었기 때문이었다.

3전시실의 분위기는 다른 전시실과 달랐다.

따분한 기색을 감추지 못하던 사람들조차 3전시실에
이르면 비로소 깨어난 것 같았다. 그들의 시선은 곧장 「눈
동자」에 가닿았고, 이끌린 듯 그 앞으로 향했다. 뭐랄까.
그들이 그곳을 향해 가는 게 아니라 눈동자가 그들을 끌
어당기는 듯 보였다.

「눈동자」는 광택이 나는 금속 구체들을 공중에 수직으
로 매단 작품이었다. 가장 작은 구가 바닥 쪽에, 가장 거대
한 구가 위쪽에. 구체와 구체 사이엔 주먹 하나 정도의 빈
공간이 있었지만 가까이 다가가지 않으면 볼 수 없었다.
게다가 크기와 밝기가 다른 조명들이 구체 주변을 빙글빙
글 돌며 벽과 바닥에 기이한 무늬를 드리웠기 때문에 사

람들의 시선은 거기에 오래 머무르지 못했다.

이게 눈이 점점 커지는 걸 표현한 건가요?

딱 한번 머리가 희끗희끗한 남자가 다가와 그렇게 물은 것을 제외하면 우나에게 말을 거는 사람은 없었다. 사람들은 압도된 듯 작품을 응시했고, 어떤 비밀을 찾으려는 것처럼 요리조리 뜯어보았다. 생각난 듯 사진을 몇장 찍고, 멀리 물러나서 다시금 감상하는 데 몰두했다. 돌아서서 나가다가도 아쉬운 얼굴로 몇번이고 작품을 돌아보는 경우도 있었다.

전시관이 한산해지면 우나는 다른 관람객들처럼 「눈동자」 주변을 어슬렁거렸다. 가이드라인 바로 앞에 서서 작품을 응시하고, 크기가 다른 구체를 하나씩 살펴보았다. 그러면 잠깐씩 어떤 감응이 느껴지는 듯도 했다. 뭐랄까. 그곳을 다녀갔던 사람들이 느꼈을 법한 울림이 자신에게도 전해지는 것 같았다. 그러나 그런 감정은 늘 찰나에 불과했고, 우나는 착각 속에 오래 머무르는 편이 아니었다.

솔직히 말하면 우나는 그 작품, 「눈동자」에서 어떤 감동도 느끼지 못했다. 빛을 반사하는 은빛 구체는 아직 네가 발견하지 못한 의미를 숨기고 있다고 속삭이는 듯했지만, 우나에게 그것은 어떤 제스처에 불과해 보였다. 그러니까 그것은 심오한 뜻을 내포하고 있는 듯한 외관이 전부인 작품 같았다.

그럼에도 우나는 관람객의 반응을 성실하게 수집했다. 나지막한 대화 소리에 귀를 기울이고, 사소한 표정과 반응을 놓치지 않으려 애썼으며 귀가 후엔 공들여 일지를 작성했다. 다소 밋밋해 보일 수 있는 문장에는 과하지 않은 수식을 보탰고, 분량이 모자라다 싶을 때는 자신의 주관적인 느낌을 추가했다. 담백하지만 앙상해 보이지 않게. 솔직하지만 냉담하게 느껴지지 않게. 과하게 내보이면 아부나 거짓으로 치부될 법한 존경심이 간접적이고 은근하게 배어나도록.

시간이 흐를수록 일지를 쓰는 데도 요령이 생겼고, 우나 자신만이 아는 패턴이 만들어졌다. 매번 수고했다거나 고생했다거나 하는 답신을 보내는 것으로 보아 안지일도 우나의 일지를 꽤 마음에 들어하는 눈치였다. 그리고 보름이 더 지났을 무렵, 그 일이 일어났다.

시작은 어느 화요일 오전, 전시실 입구에서 벌어진 말다툼이었다. 우나가 로비로 나왔을 때 갤러리 직원 두 사람이 한 남자를 에워싸고 있었다. 호전적인 눈빛으로 사람들을 쏘아보던 남자는 우나를 향해 목소리를 높였다.

안 선생님한테 직접 물어보시죠, 내 말이 틀린지. 여기 전시한 작품들이 순수한 창작물인지 확인해보시죠!

바닥에 팸플릿들이 흩어져 있었다. 우나는 당혹스러운 표정을 들키지 않으려고 몸을 숙여 그것들을 주웠다. 허둥거리는 직원들도 이 상황이 난처하긴 마찬가지인 모양이었다.

누구예요, 저 사람?

남자가 건물을 나간 뒤 우나가 물었는데 직원들은 약속이나 한 듯 말을 아끼며 둘러댔다. 한번씩 이유 없이 행패를 부리는 사람이 있다, 별일 아니니 신경 쓸 필요 없다. 그나마 설득력이 있었던 건 그 남자와 안지일 선생 사이에 약간의 오해가 있는 것 같다는 말이었는데, 설명을 더 듣지는 못했다. 그만 각자의 자리로 돌아가라는 지시가 떨어졌기 때문이었다.

오해? 무슨 오해?

우나는 의문을 품었지만 오래 생각하진 않았다. 자신이 알 필요가 없는 일이라는 생각이 들어서였다. 나중에 깨달은 것이지만 그건 애정이 없어서 가능한 일이었다. 우나가 그의 작품에서 사소하게나마 감명을 받았다면, 그에게 일말의 경외심을 느꼈다면 그 일을 그렇게 쉽게 넘길 순 없었을 것이었다. 우나는 그날의 소동을 일지에 적지 않았다. 부정적인 사건을 기록하는 건 조심스러운 일인데다 불필요하게 설명이 길어질 게 뻔했고, 그로 인해 번거로운 업무가 추가될지도 몰랐다. 우나는 소동이 일단락되었으니 언급할 필요가 없다고 판단했다.

그러나 그 일은 그렇게 끝나지 않았다. 며칠 뒤 남자는 몇 사람을 대동하고 다시 왔다. 토요일 오후, 관람객이 몰리는 시간이었다.

안지일의 이 작품 「눈동자」는 제 작품의 일부를 모방했습니다. 저는 안지일의 제자입니다. 그는 저의 연작들을 알고 있었습니다. 그 사람은 제 작품을 허락 없이 표절했습니다.

남자가 3전시실 「눈동자」 앞에서 그렇게 외치기 전까지 우나는 그를 알아보지 못했다. 그건 그가 벙거지 모자를 눌러쓴 탓만은 아니었다. 그의 얼굴에선 어떤 분개나 실망의 기색도 읽을 수 없었다. 그는 지난번과 같은 실수를 하지 않으려고 만반의 준비를 한 것 같았다. 그의 눈빛은 차분했고 태도는 정중했다. 마치 다른 이의 억울한 사정을 대변하는 사람 같았다.

이봐요, 여기서 이러시면 곤란합니다.

직원 두 사람이 뛰어오자 「눈동자」를 등지고 선 남자와 일행이 피켓을 꺼냈다. 그 순간, 멀찌감치에 서 있던 몇 사람이 휴대폰으로 사진을 찍는 것을 우나는 보았다. 피켓에 적힌 문구는 확인하지 못했다. 직원들과 그들 사이에 몸싸움이 벌어진 탓이었다.

무단 표절, 순수한 창작물, 「눈동자」의 진짜 주인.

우나는 피켓의 문구를 며칠 뒤 기사에서 확인했다. 그러나 일지에 그 단어들을 언급하진 않았다. 안지일이 이 상황을 자신보다 잘 알고 있을 거라 생각했기 때문이었다. 그보다도 아무런 판단 없이, 비판 없이 그 단어들을 고스란히 옮겨 쓸 자신이 없었다. 자신이 의도하지 않은 어떤 의혹의 기미가 일지에 담길지도 모른다는 우려를 떨치기 어려웠다.

생각해봐. 진짜 이상하지 않아? 선생님이 그러실 이유가 뭐가 있어. 구체 전시는 지난번에도, 그 지난번에도 계속하셨던 건데. 이제 와서 표절? 참, 황당해서 말도 안 나오네.

채영은 자신이 안지일의 제자라고 주장하는 그 남자, 최훈을 탓했다. 다른 직원들도 마찬가지였다. 그러나 경쟁적으로 그 남자를 힐난할 때에, 겨루듯이 안지일을 옹호하는 발언을 주고받을 때에, 그러다 돌연 침묵이 내려 앉을 때에 안지일에 대한 모두의 신뢰에 조금씩 금이 가고 있다는 것을 우나는 느낄 수 있었다. 결국엔 안지일과 그의 작품에 대한 존경심이 속절없이 훼손되리라는 것을 어렴풋이 예감할 수 있었다.

최훈은 또 왔다.

이번에는 기자들과 함께였다. 그들은 갤러리 건물 입구에 카메라를 세워놓고 그곳에서 보란 듯 인터뷰를 진행했다. 대형 언론사의 기자들은 아닌 듯했다. 그럼에도 그들의 행위는 꽤 위협적으로 느껴졌다. 그것은 이 일이 이대로 끝나진 않을 거라는 강력한 경고처럼 보였다.

그래서였을 것이다.

그날, 우나가 일지에 그 사건을 언급한 것은. 우나는 평소와 달랐던 관람객들의 반응도 적었다. 최훈의 인터뷰 내용이 사실이냐고 묻던 중년 여성, 갤러리 측에 사실 확인을 요청하던 대학생 무리, 일단은 전시를 중단하는 게 우선이라고 충고하던 젊은 커플까지.

「눈동자」의 변화에 대해서는 말하지 않았다.

그러니까 그날 저녁, 우나가 전시실에 홀로 남았을 때 「눈동자」는 어딘가 달라 보였다. 이전까지 그것은 광택을 품은 구체에 불과했다. 온기도, 감정도 품고 있지 않은 정물. 그러나 전시가 끝난 뒤 그것과 마주 섰을 때 우나는 그것이 자신을 응시한다는 느낌을 받았다. 그 응시 속에 뭔가가 있었다. 「눈동자」는 우나에게 말을 걸고 있는 것 같았다. 우나가 미처 다 헤아릴 수 없는 말들이 그 안에서 흘러나오는 것 같았다.

안지일은 일지를 확인하면 짧게라도 답장을 하는 편이었다. 그러나 일지에 최훈의 이름이 등장한 뒤로는 답장이 없었다. 늘 신속하게 메일을 확인하는 것 같은데도 그랬다.

스승과 제자의 진실 공방, 오리지널리티의 자격, 「눈동자」의 주인은 누구.

두 사람의 갈등이 언론에 보도되기 시작했다. 대서특필까지는 아니었지만 기사는 조금씩 달라지면서 계속 추가되었다. 논란이 알음알음 퍼지고 있는 모양이었다. 안지일을 두둔하던 직원들은 관망하는 입장으로 돌아섰다. 겉으로는 객관적 태도를 취하는 것처럼 보였지만 냉담한 기색이 다 감춰지지는 않았다.

우나와 채영은 그 사건에 대해 말을 아끼는 편이었다. 혹시라도 부주의한 말을 꺼냈다가 그 말이 상대방 일지에

실릴까봐 전전긍긍하는 상황은 만들고 싶지 않아서였다. 그 암묵적인 룰, 「눈동자」에 대한 논란을 입에 올리지 않는다는 규율을 깬 건 채영이었다.

그 사람 있잖아, 최훈. 너 그 사람 작품 봤어? 아직 못 봤지?

관람객이 뜸한 오후에 채영은 3전시실로 건너와 작정한 듯 우나에게 질문을 던지기 시작했다. 최훈의 작품을 보았냐는 물음에 우나가 아니라고 대답하자(물론 거짓말이었다) 휴대폰을 열어 그의 작품을 보여주었다. 최훈이 안지일에게 도둑맞았다고 말했던 바로 그 작품이었다. '발자취'라는 제목이 붙은 그 작품은 검은 구체들이 일렬로 바닥에 늘어선 형태였다. 크기는 비슷비슷해 보였고, 구체와 구체 사이의 간격이 넓었다. 사진이어서 구체의 실제 크기를 가늠할 수 없었으나 「눈동자」만큼 큰 규모의 작품 같진 않았다.

어때 보여?

채영은 그렇게 물었고, 우나의 애매한 반응이 못마땅하다는 듯 휴대폰을 세로로 바꿔들었다.

이렇게 하면 어때?

바닥에 늘어서 있던 구체들이 수직으로 바로 서는 순

간, 그 작품은 「눈동자」와 묘하게 중첩되었다. 찰나였지만 두 작품 사이에 닮은 점이 있음을 확인할 수 있었다. 그러나 모방이나 표절이라는 단어를 입에 올릴 수준은 아니었다. 구체라는 소재, 그것을 크기별로 나열하는 방식은 흔해서 한 창작자의 독창적인 방식으로 느껴지진 않았다.

생각해봤는데 최훈이라는 그 사람 말이야. 그냥 하는 말은 아닌 거 같아. 처음엔 나도 그냥 미친놈인가 했거든? 근데 봐, 비슷하잖아. 그리고 구체 작품은 최훈이 먼저 시작했대. 안 선생님보다 일찍. 이상하지, 그치?

그래서였을 것이다. 주저하는 목소리로 채영이 속엣말을 털어놨을 때, 우나가 대답을 하지 않은 것은. 안지일을 옹호하려던 건 아니었다. 다만 그 사진만으론 부족해 보였다. 어떤 세부와 설명이 더 필요해 보였다. 그건 우나가 미술이나 전시에 무지한 탓인지도 몰랐다. 채영을 포함한 그 업계 사람들에게 보이는 것이 우나에겐 보이지 않는 것인지도 몰랐다.

그전까지 안지일의 전시는 그리 큰 주목을 받는 편이 아니었다. 전시 초반에는 그와 직간접적으로 인연을 맺은 사람들이 인사차 방문했고, 그후로는 관련 업계 사람들과 대학생들이 간간이 찾아왔다. 나머지는 공원을 거닐다 우연히 들른 사람들이었다.

그러므로 그 전시가 흐지부지 막을 내릴 거라는 항간의 예상은 무리가 아니었다. 불명예스러운 논란에 휘말린 전시였고, 처음부터 인지도가 높지도 않았으니까. 그래서 관람객이 눈에 띄게 늘어나는 이후의 상황이 우나는 놀랍고 당혹스럽기까지 했다.

논란을 보러 오는 거겠지. 전시가 아니라. 반짝하고 말 거야.

채영은 대수롭지 않게 말했지만 사람들의 관심은 수그러지지 않았다. 어느 토요일 오후에는 줄을 지어서 입장해야 할 만큼 사람들이 몰렸다. 물론 거기에 관람객만 있는 건 아니었다. 몇몇 사람들은 건물 앞에서 피켓을 든 채 침묵시위를 이어갔고, 차례대로 성명을 밝히기도 했다. 갤러리 건물 외벽에 관련 신문 기사를 붙이고, 그 앞에서 인증 사진을 찍기도 했다. 사람들 사이에서 언쟁이 벌어지다 가볍게 몸싸움이 일 때도 있었다.

우나가 수집하고 기록해야 할 정보들은 점점 늘었다. 특히 관람객들이 「눈동자」 앞에 머무는 시간이 눈에 띄게 길어졌기 때문에 잠깐씩 화장실에 다녀오는 것도 몹시 신경이 쓰였다. 힐난하듯 질문을 퍼붓거나 이번 논란에 대해 자신의 의견을 조목조목 밝히는 사람들을 응대하는 것 또한 우나가 감당해야 하는 새로운 업무였다.

얼마 후 채영이 일을 그만두었다.

금요일 오후, 퇴근 준비를 하면서 채영은 오늘이 마지막 날이라고 말했고, 재고의 여지가 없음을 분명히 했다. 갤러리 건물을 빠져나와 나란히 공원을 가로지르는 동안에도 채영은 목 끝까지 두른 스카프를 몇 차례 매만졌을 뿐 구체적인 설명을 보태진 않았다. 발끝을 내려다보며 걷는 채영은 지쳐 보였다. 실망한 것 같았고 화가 난 것처럼 보이기도 했다.

더는 전시실에 못 있겠어. 사람들이 와서 이말 저말 하는 것도 듣기 싫고. 그냥 거기 있는 작품들을 내가 좋아했었다는 게 불쾌해. 불쾌하고 창피해. 이런 마음으로 일할 순 없는 거잖아.

버스 정류장에 이르러 채영은 그렇게 말했고, 우나가 뭐라고 대답하기도 전에 도망치듯 버스에 올랐다. 그게 끝이었다. 이튿날부터 채영은 출근하지 않았다.

우나는 채영의 말을 깊이 생각하지 않았다. 자신은 채영과 다르다고 여겼으니까. 기대하지 않았으므로 실망할 이유가 없었고, 존경하지 않았으므로 배신감을 느낄 까닭도 없다고 생각했다. 우나에게 이 일은 그냥 일이었다. 노동을 제공하고 임금을 받는 행위에 불과했다.

그럼에도 얼마 후 짤막하게 보도된 안지일의 입장문을 공들여 읽은 건 세간의 관심을 가늠하기 위해서였다. 관람객이 늘면서 일의 강도가 높아졌고, 이런 상황이 지속된다면 채영처럼 그만둬야겠다고 마음먹고 있었으니까. 맞다. 우나는 채영이 일을 그만둔 진짜 이유가 실은 관람객이 늘어난 탓이라고 여겼는지도 몰랐다.

우나가 그것을 발견한 건 며칠 뒤였다.

전시가 끝나고 전시실 내부를 둘러보고 있을 때, 「눈동자」 아래 바닥에 뭔가가 떨어져 있었다. 반짝이는 귀걸이 같기도, 조그마한 단추 같기도 한 무언가. 그건 구겨진 은박 껌종이였다. 우나는 껌종이를 줍기 위해 가이드라인 안쪽으로 진입하면서 작품에 몸이 닿지 않도록 주의를 기울였다. 그 껌종이를 누군가 일부러 버렸을 거라곤 짐작하지 못했다. 이후 관람객들이 경쟁적으로 껌종이를 던지리라는 것도 정말이지 상상하지 못했다.

항의의 의미로 시작된 듯한 그 행위는 이윽고 놀이처럼, 유행처럼 번져갔다. 처음에는 몇몇 사람들의 비밀스러운 의식처럼 공유되던 것이 나중에는 관람의 필수 인증

코스로 확산되었다. 껌종이를 투기하지 말라는 안내문을 설치한 후로 상황은 더 나빠졌다. 오히려 그 안내문이 투기 장소를 확실하게 특정해준 것 같았다.

관람객들은 우나의 눈을 피해 껌종이를 몰래 던질 기회만 엿보았고, 대담하게 여러 사람이 한꺼번에 껌종이를 던지기도 했다. 바닥에 흩어진 껌종이를 사진으로 찍고 인터넷에 올리는 사람도 여럿이었다. 우나와 직원들의 제지는 무력했다. 던지고 달아나면 그만이었다. 우나는 그들을 잡을 수도, 책임을 물을 수도 없었다. 우나의 업무에 껌종이를 치우는 일이 새롭게 추가되었다. 우나는 팸플릿을 동그랗게 말아 쥐고 수시로 껌종이를 끄집어내야 했고, 관람객이 뜸한 시각을 틈타 가이드라인 안쪽으로 들어가야 했다. 전시실 내부가 붐빌 때는 그마저도 할 수 없어 고개를 돌리면 어느새 또 늘어나 있는 껌종이를 지켜볼 수밖에 없었다.

3

우나는 안지일을 한번 더 만났다.

우나가 요청한 만남이었고, 전시 종료를 한달 앞둔 월요일이었다. 두 사람은 면접 때 대화를 나눴던 그 방에 다시 마주 앉았다. 날씨가 흐린 탓인지 낮인데도 방이 어둑어둑했다.

그래요. 일하는 건 어때요?

그가 물었고 우나가 답했다.

실은 그 이야기를 하려고 왔습니다.

그렇군요. 아, 여기 잠시만 있어요.

그는 방을 나가더니 차 두 잔을 내왔다. 지난번 우나를 안내했던 뿔테 여자는 보이지 않았다. 집 안은 무서울 정도로 고요했다.

채영 학생을 대신할 만한 사람을 구하려고 알아봤는데, 상황이 이래서 구하질 못했어요. 괜히 이런저런 말들이 나올까 걱정도 되고. 얼마 안 남았으니까 우나씨가 조금 더 애써주면 좋겠는데, 어려울까요?

안지일은 우나의 입에서 무슨 이야기가 나올지 예상하고 있었다. 우나는 관람객들이 늘어나는 이 상황에 대해, 점점 거칠어지는 관람객들의 태도에 대해, 그 모든 반응과 의견을 기록해야 하는 자신의 버거운 업무량에 대해, 이 모든 사태의 발단이 된 그 논란에 대해 말할 생각이었다. 그러나 막상 입을 열자 엉뚱한 질문이 튀어나왔다.

근데 왜 이런 일을 맡기시는 거예요?

이런 일이라니?

안지일이 되물었고 우나가 답했다.

사람들 반응을 일일이 다 아실 필요가 있을까 해서요.

안지일은 손으로 찻잔을 매만지다 한참 만에 입을 열었다.

내 작품이 뭘 보고 뭘 듣는지 내가 알아야죠. 그렇다고 종일 작품 옆을 지킬 순 없는 노릇이니까. 작품은 나 자신이기도 한데, 나와 종일 같이 있는 건 힘들지 않겠어요? 작품한테도, 나한테도 피차 괴롭고 피곤한 일이지.

그는 계속 말했다. 왜 관람객의 반응을 수집하는지, 그것이 다음 작품에 어떤 영향을 미치는지, 구설수에 오른 「눈동자」를 어떻게 구상하게 됐는지도. 우나는 고개를 끄덕이고 있었지만 이해한다는 의미는 아니었다. 우나는 그의 말을 반도 알아듣지 못했다. 그의 말은 전시 소개글처럼 난해하고 모호했다. 아니, 죄다 헛소리 같았다.

우나가 보는 건 따로 있었다. 그가 입을 열 때마다 드러나는 까만 구멍. 왼쪽 아래 작은 어금니가 빠진 자리였다. 이따금 그는 입이 벌어진지도 모른 채 잠깐씩 허공을 올려다보았는데, 그때마다 그 시커먼 구멍에서 뭔가가 속절없이 새어나가는 듯했다.

맛이 갔어.

우나는 생각했다.

「눈동자」에 대한 논란이, 항간의 비난이 그를 망가뜨렸다고 생각했다. 그날 그가 보여준 건 확실한 해명도, 도의적인 사과도 아니었다. 우나가 목격한 것은 낙담과 울분을 들키지 않으려는 한 변변찮은 예술가의 자기변명에 지나지 않았다.

근데 껌종이 이야기는 알고 계시죠?

소득 없는 대화를 끝내고 자리에서 일어나려던 우나가 묻자 그가 되물었다.

껌종이?

우나가 한숨을 쉬며 설명을 이어가려 하자 그가 말했다.

아, 맞아. 그건 그대로 놔둬요. 손대지 말고 그냥 둬요.

네?

우나가 돌아보자 그가 단호한 목소리를 냈다.

하나도 치울 필요 없어요. 작품을 본 사람들이 준 것이니 잘 받아둬야죠. 껌종이가 잘 나오게 사진이나 몇장 찍어두자고요.

4

안지일의 전시, 「질주하는 시선」전은 예정보다 보름 일찍 종료됐다.

최훈이 제기한 의혹에 안지일이 시원한 해명을 내놓지 못한 탓인지, 사람들의 항의가 빗발친 탓인지, 갤러리 측에서 부담을 느낀 탓인지 알 수 없었으나 우나로선 나쁘게 없었다. 급여는 처음 명시했던 전시 기간에 맞춰 지급될 예정이었다.

종료일이 다가올수록 전시실의 분위기는 눈에 띄게 흐트러졌다. 우나는 관람객들의 질문에 건성으로 답했고, 껌종이를 던지는 사람들을 내버려두었다.

우나에게 마지막으로 주어진 업무는 이것이었다.

전시가 종료된 뒤, 우나는 텅 빈 전시실에서 동영상을 찍었다. 먼저 「눈동자」와 바닥의 껌종이들을 화면에 담았고, 천천히 물러나며 주변의 모습을 촬영했다. 이어 껌종이 하나하나에 번호를 붙이고, 그것들 사이의 간격과 위치를 측정한 뒤 그 수치를 도표로 작성했다. 우나는 수모를 되새기는 것 같은, 실패를 기록하는 것 같은 그 업무의 의미를 따져보진 않았다. 자신과는 무관한 사안이라고, 더는 이 사안을 고민할 필요가 없다고 생각했기 때문이었다.

몇 해 뒤, 안지일의 새 전시 소식을 접하기 전까지 우나는 그때의 일을 떠올리지 않고 지냈다. 그러다 우연히 인터넷 기사에서 본 안지일의 이름이, 호평 일색인 관람객들의 후기가 우나의 호기심을 자극했다.

해가 좋은 어느 오후, 약속 장소로 향하던 우나는 미술관에 잠시 들렀다.

안지일의 네번째 개인전이 열리는 그곳은 꽤 규모가 컸고, 번화가에 위치해 있었다. 우나는 전시실 내부로 들어섰고, 지난번과 크게 달라진 것이 없는 그의 작품들을 건성으로 훑어보았다. 「눈동자」는 3전시실에 있었다. 공중에 수직으로 매달린 구체는 이전과 비슷해 보였지만 다른 게 있었다. 바닥에 깔아놓은 장식이었다. 마치 보석을 흩뿌려놓은 것 같은, 반짝이는 자갈을 깔아놓은 것 같은 그것은 다름 아닌 껌종이였다. 이전 전시에서 관람객들이 보여준 조롱과 질타의 틀림없는 증거였다.

뭐야?

우나는 혼잣말을 하며 가이드라인 가까이 다가갔다. 먼

저 온 사람들이 「눈동자」를 에워싸다시피 하고 있었다. 작품을 바라보는 그들은 진지했고 엄숙하기까지 했다. 조롱과 질타의 감정은 들어설 여지가 없어 보였다. 우나는 뭔가에 사로잡힌 듯한 사람들의 모습을 멍하니 지켜보다 그곳을 나왔다.

도대체 뭘 본 건가 싶었고, 안지일이 드디어 돌아버렸다는 확신이 들다 이내 의구심이 차오르기 시작했다. 우나는 자신이 느끼는 감정이 무엇인지 정확히 알 수 없었다. 우나는 미술관 쪽을 계속 돌아보며 걸었다. 그 바람에 몇 차례 길을 잘못 들었고 약속 장소에 늦게 도착했다.

세명의 친구들은 먼저 와 있었다.

우나는 친구들과 늦은 점심을 먹었고, 카페로 자리를 옮겨 안부를 나누었다. 이따금 「눈동자」를 올려다보던 사람들의 눈빛이, 빛나는 뭔가를 거느린 듯한 「눈동자」의 외관이 선명하게 눈앞에 떠올랐다. 그 탓에 친구들의 이야기를 자주 놓쳤고, 가볍게 핀잔을 들어야 했다. 그리고 한 친구가 근처 펍으로 자리를 옮기자는 제안을 했을 때, 우나는 자리에서 벌떡 일어났다.

나 먼저 가봐야겠어. 미안. 급한 일이 있는데 잊고 있었어.

친구들은 당황한 눈치였으나 이유를 캐묻진 않았다. 우

나는 곧장 그곳을 나와 서둘러 집으로 향했다.

그날 저녁, 우나는 책상 앞에 앉아 소설을 쓰기 시작했다. 그것은 안지일의 작품 「눈동자」에서 출발했으나 그것과는 무관한, 그러니까 이전까지는 정물에 불과했던 눈동자가 우나에게 막 전해주기 시작한, 오직 우나와 눈동자 사이에 속한 이야기였다.

우나는 그 소설에 '우연의 직조'라는 제목을 붙였다.

우리와
우리 아닌 것

우리와 우리 아닌 것

그는 아버지를 만나러 가기 전에, 아버지의 생활 전반(일주일에 세번 방문해 식사와 살림을 챙기고, 정기적인 병원 방문과 행정 업무에 동행하는)을 두루 봐주는 육십 대 중반의 요양보호사에게 전화를 걸곤 했다.

여사님, 잘 계시죠? 건강은 괜찮으시고요?

그는 늘 깍듯하게 존칭을 썼고, 여자의 안부부터 물었다. 많다고 할 순 없지만 어쨌든 자신에겐 부담이 되는 돈을 매달 내고 있는데도 그랬다. 자신이 지나치게 굽실거리는 게 아닐까 하는 의문이 들 때면 그는 스스로에게 이렇게 주의를 주었다. 어떤 식으로든 여자를 서운하게 한다면 그 보복의 대상은 아버지가 될 거라고. 그건 자신이 원하는 게 아니라고.

경계심을 완전히 거두지는 않았다. 자신보다 열살은 더

많은, 이젠 아무리 애써도 다 감추지 못할 노화의 흔적이 역력한 그 여자가 팔십대 중반의 아버지에겐 충분히 매력적일 수 있다는 사실을 간과하지 않은 거였다. 여자가 작정한다면 아버지의 나약한 마음을, 흐릿한 정신을 파고드는 건 어렵지 않을 것이었다. 맞다. 그건 그가 최근 들어 아버지를 자주 만나러 가는 이유 중 하나였다.

아버지는 차로 세시간 넘게 걸리는 소읍에 살았다.

그곳은 그가 나고 자란 곳이었으나 친숙함을 느끼긴 어려웠다. 십년 전 어머니가 죽고 나서는 더 그랬다. 그는 아버지가 죽고 나면 선산과 땅을 모두 팔고 발길을 딱 끊어버릴 거라고 진작부터 결심하고 있었지만 그 말을 입밖으로 꺼낸 적은 없었다.

희래 안 오게 해라.

어느 토요일 오후, 아버지가 말했다. 그가 너무 오래되어 이제 방의 일부처럼 보이는 갈색 문갑 앞에서 물파스를 찾고 있을 때였다.

뭐라고요?

희래, 희래 말이다. 안 오게 해.

그것이 아버지와 평생 친형제처럼 지내온 이웃 희래 삼촌을 가리킨다는 것을 그는 뒤늦게 알아차렸다.

삼촌이 왜요? 싸웠어요?

그가 대수롭지 않게 물었는데 아버지가 목소리를 낮추었다.

뭘 자꾸 가져간다. 그놈이 왔다 가면 뭐가 하나씩 없어져. 훔쳐가는 거야, 내가 안 볼 때.

도대체 언제 샀는지 모를 물파스는 스펀지가 딱딱하게 굳어 약물이 나오지 않았다. 그는 약봉지 귀퉁이에 물파스라고 적은 뒤 종이를 찢어 주머니에 넣었다. 그러곤 무심하게 다른 서랍을 여닫으며 대꾸했다.

그럴 리가요. 삼촌이 뭐가 아쉬워서.

물파스처럼 버려야 할 것이 더 있는지 찾아볼 요량이었지만 모를 일이었다. 온갖 잡동사니가 쌓여 있는 서랍 속에서 아버지의 재정 상황을, 유산의 규모를 파악할 만한 뭔가를 발견하게 될지도.

유산에 관해서라면 누나와 자신이 공평하게 물려받아야 한다는 생각이 그에겐 있었다. 그러나 공평하다는 것이 똑같이 나눠 갖는다는 의미는 아니었다. 그는 자신이 조금 더 가질 자격이, 사정이, 명분이 충분하다고 여겼다. 어쨌든 누나는 출가외인인데다 늘 자신보다 형편이 좋았으니까. 자기만큼 부모를 살뜰하게 챙기지 않았으니까.

훗날 누나가 따져 묻는다면 한달에 두어번씩 성실하게 이어졌던 이 고향 방문을 어떤 지극함이라고 강변할 수 있을 거였다. 그는 그만큼 절박했다.

아니야. 희래 그놈은 평생 그랬다. 다 뺏어갔어.

아버지의 목소리가 신경질적으로 돌변했다. 삼년 전 경도인지장애를 진단받은 아버지는 그 병을 가벼운 감기쯤으로 여겼다. 한번 발병하면 돌이킬 수 없고, 단지 속도를 늦추는 게 치료의 전부인 그 병의 심각성을 도통 인정하려 들지 않았다.

뭐 뺏어갈 게 있기나 해요, 이 집에?

그렇게 중얼거리며 그는 멍한 아버지의 얼굴을 돌아보았다. 그 병이 아버지를 어디까지 끌고 갔는지 가늠하기 위해서였다. 아버지는 여전히 여기 있는 것 같기도, 저쪽으로 한 걸음을 내디딘 것 같기도 했지만 아주 심각해 보이진 않았다. 그리고 한순간 아버지의 눈빛에 초점이 살아나더니 그와 분명히 눈을 맞추었다.

희래 안 오게 하란 말이다.

알았어요. 삼촌한테 오지 말라고 할게요.

그는 그렇게 답했고, 떠날 채비를 하는 동안 그 대화를 까맣게 잊었다. 그리고 요양보호사에게 메모를 남긴 뒤,

차를 몰고 마을을 빠져나오는 길에 희래 삼촌을 봤다. 마을 초입, 소로가 2차선 도로와 만나는 지점에서였다. 멀리 둔덕에 선 누군가가 뒷짐을 진 채 마을을 내려다보고 있었다. 묘하게 익숙하고, 또 묘하게 낯선 그 사람이 희래 삼촌임을 그는 한참 만에 알아보았다. 늘 왜소하다는 인상을 주던 삼촌은 어쩐지 몸집이 아주 커 보였다. 삼촌을 에워싼 짙은 노을 탓인지도 몰랐다.

삼촌, 삼촌!

그가 큰 소리로 부르고, 몇 차례 경적을 울려도 비스듬하게 선 뒷모습은 꿈쩍하지 않았다. 결국 포기한 그가 방향지시등을 켜고 도로로 접어들 때에 사이드미러 속에서 이쪽으로 몸을 돌리는 삼촌의 모습이 보였다. 삼촌은 멀어지는 자신의 차를 주시하는 것 같았고, 손을 흔들며 알은체를 하는 것 같기도 했는데 정확하진 않았다. 어쨌든 도로로 접어든 뒤엔 사이드미러 속에서 삼촌의 모습이 빠르게 사라진 탓이었다.

그날 밤, 잠들기 전 아내에게 아버지의 안부를 전하며 그는 삼촌을 생각했다.

아버님은 좀 어떠셔? 잘 계시지?

여느 때처럼 열시가 넘어 퇴근한 아내가 잠으로 곤두

박질치는 듯한 목소리로 물으면,

그렇지 뭐. 다음 달엔 애들 데리고 같이 한번 다녀오자. 가망 없는 바람을 타진하는 식이었는데 그때마다 잠깐씩 삼촌에 관한 기억이 끼어들었다. 해마다 명절이면 크고 탐스러운 과일 상자를 한아름 안고 방문하던 삼촌, 폭우가 쏟아질 때면 아버지의 고물 트럭으로 자신과 누나를 읍내 고등학교까지 태워다주던 삼촌, 어머니가 차린 소박한 밥상 앞에서 늘 감격하던 삼촌. 자신이 태어났을 때 아버지에게 감나무도 호두나무도 아닌 대추나구를 심어야 한다고 말했던(감나무는 관리가 쉬운 편이지만 너무 흔하고 가지치기를 자주 해줘야 한다는 점을, 호두나무는 수명이 길고 튼튼하게 자란다는 장점이 있으나 병충해에 약하다는 점을 염려했다고 아버지가 말해준 적이 있었다) 삼촌. 맥락 없이 이어지던 그의 기억은 고향집 마당 한구석에 자리한 대추나무에 오래 머물렀다가 엉뚱한 질문으로 옮겨갔다.

그런데 삼촌이 언제 독립했더라?

그는 자신도 모르게 혼잣말을 한 뒤 돌아누운 아내를 보았다. 사각거리는 이불 소리가 났고, 뒤척이는 기색이 이어지다 낮게 코 고는 소리가 커졌다. 그 순간 약간의 아

속함이, 서운함이 불쑥 올라왔다. 빠듯한 살림을 꾸려가
느라 여러모로 최선을 다하고 있는 아내에게 그런 마음을
품는 것은 적절치 않았다. 그럼에도 시아버지에게 무심하
다 못해 거의 외면하고 있다고 여겨지는 아내의 태도가
두 딸에게까지 영향을 미치고 있는 게 아닐까 하는 생각
이 들자 무슨 말이든 한마디하고 싶어졌다. 그는 내뱉고
나면 틀림없이 후회할 게 뻔한 말들을 끌어안으며 반대쪽
으로 돌아누웠다. 상황이 이렇게까지 몰린 데에는 자신의
무능함과 아둔함 탓도 없지 않았으니까. 그는 다음 방문
때엔 그 질문, 그러니까 긴 세월 아버지 밑에서 일했던 삼
촌이 언제 독립했는지 물어봐야겠다고 다짐했다.

몇주 뒤 토요일에 그는 다시 고향집을 찾았다. 그는 툇
마루에 걸터앉은 아버지에게 시원한 믹스커피 한잔을 건
네주며 물었다.

삼촌 안 왔죠?

아버지는 못 들은 것 같았다. 그래서 희래 삼촌, 하고
두어번 더 소리쳐야 했다.

안 왔다.

비가 오려는지 날이 흐렸다. 그는 아버지 곁에 앉아 다
시 물었다.

요새 뭐 한대요, 삼촌은? 왜 나 어릴 땐 아버지 밑에서 일했잖아. 엄마가 그런 일꾼 없다고 매번 칭찬하고 그랬는데. 근데 언제 독립했어요? 어느 순간부터 안 보이던데?

허공의 한 지점을 주시하던 아버지의 눈길이 그가 마당 한쪽에 주차해놓은 자동차 바퀴에 가닿았다. 은빛 휠은 빛이 바래고 때가 타서 거의 잿빛으로 보였고, 흙먼지가 달라붙은 타이어도 볼품없었다. 그것이 늘 번듯하게 탁 트인 도로가 아닌, 험하고 거친 길을 달려야 하는 자신의 처지를 대변하는 듯했다.

벌써 오래됐다. 너 중학교, 아니다. 여래 일 나가고부터인가.

여래는 희래 삼촌의 여동생이었다. 어린 시절, 그가 이모 이모 하면서 따르던 사람. 늘 희래 삼촌의 곁에 그림자처럼 머물던 사람. 어느 여름밤, 함께 저녁식사를 마친 뒤 아버지와 어머니에게 깍듯하게 고개를 숙이고 돌아서던 그 오누이의 모습이 기억 속에 사진처럼 남아 있었다. 순박하고 검소한 사람들, 다정하고 유순한 사람들. 그 두 사람에게라면 숨길 것도, 경계할 것도 없었다. 그럴 정도로 그들은 한없이 선량해 보였다. 겨우 중학생이던 그의 눈에도.

그래요? 여래 이모가 일을 했어요? 학교 졸업하고 바로 결혼했던 게 아니라?

아니지. 그 전에 몇년 일을 했지. 말 마라. 아주 악바리였어.

에이, 악바리 느낌은 아니지. 그렇게 순한 사람이 어디 있다고. 이모가 무슨 일을 했는데요?

저기, 거 어디더라.

그 순간 그것이 끼어든 것 같았다. 아버지가 감기 정도로 하찮게 여기는 것, 아버지의 기억과 추억을 야금야금 뜯어먹으며 머릿속을 뿌옇게 만드는 무엇. 아버지는 건넛마을 곡물창고를 언급했고, 읍내에서 가장 컸던 방앗간과 밀 막걸리 도가를 이리저리 오가다가 답답하다는 듯 고개를 흔들었다. 그는 여래 이모가 그런 곳에서 일했구나, 세상 물정 모른다고 여겼던 여래 이모에게 그런 시절이 있었구나, 하고 말았다. 그걸로 충분했다.

그럼 결혼하면서 일을 관둔 거네. 왜, 신랑이 일하는 걸 싫어했대요? 결혼하고 다른 동네로 가버렸잖아, 이모는.

거의 울 것 같은 얼굴로 기억을 뒤지는 아버지의 모습이 안쓰러워서 그가 질문을 바꾸었다.

그런 시시한 일은 일찌감치 손 놨지. 결혼하고는 돈 되는 일을 했다. 수완이 좋았어, 그애가. 돈을 만질 줄 아는 애였다.

누가요? 여래 이모가요?

그래. 여래, 걔가 다시 여기로 돌아왔지, 시집가고 몇해 뒤에. 저 뒷마을에 집을 하나 사서. 그때 갓난쟁이가 하나 있었다.

아버지의 이야기는 그가 전혀 몰랐던 것이었다. 여래 이모는 양수기 서너대를 대여하고 이런저런 농기구를 수리하며 살던 남자와 결혼했고, 가내업 수준에 불과하던 그 사업의 규모를 크게 키웠다고 했다. 양수기에서 시작해 탈곡기, 분무기, 제초기까지. 나중엔 서너명의 직원을 두어야 할 정도로 바빠졌다고 했다. 그는 고개를 끄덕였지만 진지하게 듣고 있진 않았다. 아버지의 기억은 어딘가 금이 가고 부서진 게 틀림없었으니까. 왜곡되고 과장되어 있을 게 뻔했으니까. 아니, 사실이라고 해도 그건 그와는 무관하고, 그의 삶과 일상으로부터 동떨어져 있는 일이었다.

그는 아버지의 얼굴을 흘끔거리며 자신이 벼르던 이야기, 그러니까 매번 준비해왔다가 제대로 한번 꺼내보지도 못하고 도로 가져가곤 하는 어떤 말을 매만지고 있었다.

아버지.

그리고 마침내 그 이야기, 자신의 몫으로 돌아올 유산을 앞당겨 달라는 이야기를 꺼내려던 순간, 아버지가 그의 눈을 똑바로 보며 말했다.

그애 아니었음 희래 그놈이 내 땅을 탐내는 일도 없었어.

탐낸다는 말이, 호통치는 듯한 목소리가 순간적으로 자신을 꾸짖는 것 같아서 그는 다른 쪽으로 고개를 돌렸다. 빗방울이 듣기 시작하는지 마당에 작고 동그란 자국들이 생겨나고 있었다.

땅은 무슨 땅, 탐내고 말고 할 땅이나 있긴 해요.

그는 그렇게 대꾸하면서 맥 빠진 기색을 숨기지 않았다. 멀리 뭔가 번쩍거리는가 싶더니 빗줄기가 굵어졌다. 아버지는 사실인지 아닌지 모를 말들을 늘어놓다가 구부정한 몸을 일으켰고, 마당 여기저기 널브러진 잡동사니를 처마 밑으로 옮기기 시작했다. 그럴 때 아버지는 전혀 아픈 사람 같지 않았다. 어쩌면 아버지가 이런 식으로 누나와 자신의 효심을 저울질하고 있는 게 아닐까 하고, 매순간 냉정하게 유산의 몫을 배분하고 있는 게 아닐까 하고 의심한 건 그 때문이었다.

아버지와 그 땅 이야기를 다시 한 건 여름이 끝날 무렵이었다.

어느 토요일 오전, 그는 가족들과 함께 고향집으로 향
했다. 아내와 두 딸에게 몇주간 사정하다시피 해서 이뤄
진 방문이었다. 그즈음엔 누나네 식구들이 아버지를 자주
찾아가는 듯했으므로 마음이 불안했다.

할아버지 오랜만에 만나지? 보면 인사 잘하고, 안부도
여쭤보고. 알았지?

그는 운전을 하는 내내 서로를 거의 원수처럼 여기는
두살 터울의 딸들에게 그렇게 당부했다. 이제 막 중학생이
된 작은딸은 그나마 대답을 하는 시늉이라도 했지만 큰딸
은 골이 난 얼굴로 내내 휴대폰을 내려다보고 있었다. 차
에 타자마자 좌석을 젖히고 잠든 아내는 말이 없었다.

자신과 아내, 두 딸까지.

그는 아버지가 자신의 아들이 일군 다복한 가정을 보
며 뿌듯함과 흐뭇함을 느끼길 바랐다. 그건 돈 주고 살 수
없는 것이고 그래서 더 가치 있는 것이니까. 지금 자신이
아버지에게 줄 수 있는 유일한 것이기도 하니까. 그러나
차 안의 어수선하고 냉랭한 공기는 그런 것과 거리가 멀
어 보였다. 그는 자신이 싣고 가는 게 무엇인지, 거기서 아
버지가 무엇을 보게 될지 알 수 없었다.

그가 읍내 작은 터미널 근처, 널찍한 주차장에 차를 세

운 건 그 때문이었다. 홀로 정육점에 들러 돼지고기 두근을 사오는데 누군가 그를 불렀다. 그가 발을 굴러 신발을 털고 막 운전석에 오르려 할 때였다.

어? 장우 아니냐?

처음엔 모습이 제대로 보이지 않았다. 이어 햇살을 받아 번쩍이는 검은 차 옆에서 익숙한 얼굴이 다가왔다. 희래 삼촌이었다.

아, 삼촌. 안녕하세요. 여기서 보네요.

그러게. 이야, 이게 몇년 만이야, 반갑네. 아버지 뵈러 온 거야?

그렇게 묻는 삼촌은 다른 사람 같았다. 거의 반백이 되어버린 머리칼과 주름진 눈가, 약간은 생뚱맞다 싶은 동그란 안경까지. 낯섦을 느낀 건 세월의 흔적 탓만은 아니었다. 뭐랄까. 순박함과 검소함 같은, 그가 삼촌을 떠올릴 때 자연스레 따라오던 모습을 찾아볼 수 없었다. 그 대신 삼촌은 다른 것을 갖게 된 듯했다. 자신감, 관대함, 느긋함 같은 것. 그는 그것을 뭐라고 이름 붙여야 할지 알 수 없었다.

예, 오랜만에 애들 데리고 아버지 뵈러……

아무렴, 시간 내서 오는 것만큼 큰 효도가 없지. 아버지

잘 계시지? 한번 가야지 하면서도 이사하고 난 뒤에는 마음처럼 쉽지가 않다.

아, 이사하셨어요?

형님이 이야기 안 하던? 벌써 몇달 됐다. 여래가, 여래 기억나지? 걔가 저쪽 신도시에 집을 얻었거든. 나도 집사람이랑 근처로 이사했고.

아, 집을요? 어디, 저쪽 신도시요?

그는 고층 건물이 빼곡하게 자리한 신도시 쪽으로 고개를 돌리면서 삼촌의 옷차림을 훑었다. 그러려던 건 아니었다. 그러나 흙길 한번 밟지 않은 듯한 갈색 구두가, 복숭아빛이 감도는 티셔츠가, 묵직해 보이는 손목시계가 묘하게 그의 시선을 잡아끌었다. 길게 대화를 나누진 못했다. 작은딸이 차창 밖으로 얼굴을 내밀고 그를 재촉했기 때문이었다.

딸내미들?

삼촌은 그렇게 물으며 지갑을 꺼내더니 아이들에게 오만원권 지폐 한장씩을 건네주었다. 그러곤 그에게 연락처를 알려주며 언제 식구들과 함께 놀러 오라고 일렀다.

아빠, 그 사람 누구야? 아빠 진짜 삼촌은 아니지? 할아버지 동생 없잖아. 그 할아버지 부자야? 부자처럼 보이던데?

그가 운전석에 앉아 안전벨트를 맬 때 작은딸이 물었다.

작은할아버지야. 다음에 뵈면 작은할아버지, 하고 인사드려.

그는 건성으로 대답을 이어가면서 도대체 무엇이 자신의 기분을 이토록 가라앉게 만드는지 고심했지만 답을 찾을 순 없었다. 그리고 고향집이 보일 즈음에야 언젠가 아버지가 말했던 땅, 희래 삼촌이 탐냈다는 그 땅을 떠올렸다.

그와 아버지, 아내와 두 딸까지 다섯 사람이 점심식사를 위해 툇마루에 둘러앉은 건 오후 두시가 넘어서였다. 두 딸은 귀가 어두워 거의 소리치다시피 말하는 아버지 근처에는 얼씬도 하지 않으려 들었고, 아내는 고기를 굽는 그의 곁에서 소주를 홀짝거리다 취해버렸다. 결국 참다못한 그가 화를 냈고, 그와 아내 사이에, 아내와 큰딸 사이에, 큰딸과 작은딸 사이에 몇 차례 고성이 오갔다.

됐다. 이제 가봐라. 다 데리고 그만 가.

아버지가 그렇게 말했을 때, 그는 망했다고 생각했다. 질린 듯한 아버지의 표정은 누나와 자신 사이의 저울질을 어느 정도 끝낸 듯 보였고, 그 결과는 자신의 기대를 비껴갈 게 틀림없었다. 그는 몇년째 이어지고 있는, 얼마나 더 지속될지 모르는 이 눈치 게임을 더 할 자신도, 여유도 없었다.

그가 이 게임에서 승리할 확률은 희박했다. 그 자신조차도 이길 거라는 확신은 가져본 적이 없었다. 삶이 그에게 가르쳐준 건 탈락하는 법, 낙오하는 법, 패배하는 법, 낙담하는 법이 전부였으니까. 아버지가 질책하던 나약함, 겁약함, 자기연민을 극복한 적이 없었으니까. 그런 것을 뛰어넘기 위해서는 한번쯤 이기는 경험이 필요했다. 자신의 삶에도 어떤 행운이, 긍정이, 너그러움이 깃들어 있다는 믿음이 절실했다.

그는 지금 당장 돈이 필요했다.

아내와 아이들이 자리를 뜬 뒤, 그는 컵에 남은 미지근한 콜라를 비우고 소주를 부었다. 한 잔을 마시고 또 한 잔을 마시고도 입이 떨어지지 않아서 한 잔을 더 마신 뒤에야 어렵게 입을 열었다.

아버지, 솔직하게 말씀드릴게. 저 요즘 형편이 말이 아니에요. 애들 밑에 한창 돈 들어갈 때이기도 하고, 대출 이자도 많이 오른데다 불경기잖아요.

불판 귀퉁이에 고기 찌꺼기가 탄 자국이 말라붙어 있었다. 멀리서 아이들이 티격태격하는 말소리가 들리다가 말다가 했다. 그는 목소리를 조금 낮추었다.

곧 전세 만기라 이사도 해야 하는데 여유가 없어요. 아버지가 좀 도와주면…… 아, 물론 누나는 이런 이야기 안 하겠지. 안 해도 되니까. 근데 나는 누나랑 출발점이 다르잖아. 아버지도 아시잖아요. 공부면 공부, 취업이면 취업, 결혼이면 결혼. 누나는 옛날부터 자기 걸 잘 챙겼잖아요.

그는 자신을 어리숙하고 불쌍하게 포장하면서 양심의 가책을 느꼈다. 그럼에도 다른 이야기, 그러니까 오래전 아버지가 차려주었던 오토바이 대리점을 말아먹고, 어머니가 몰래 넘겨준 적금을 털어먹고, 결혼할 때 부모가 누나 몰래 장만해준 신혼집을 헐값에 팔아버린 일은 언급하지 않았다. 결과는 좋지 않았지만 그도 다 살아보려고 애쓴 일들이었다. 아내가 두가지 일(낮엔 공사 현장의 신호수로 일했고, 밤에는 의약품을 배달했다)을 병행하는 동안 투자니 수익이니 하는 말에 홀려 이런저런 모임을 기웃거리고 있다는 말도 삼갔다.

아버지는 이렇다 저렇다 말이 없었다. 그것이 그의 마음을 조마조마하게 만들었다. 한참 만에 아버지가 중얼거리듯 말했다.

그때 넘겨주면 안 됐어. 갖고 있어야 했다.

그의 몸이 아버지 쪽으로 기울어졌다.

뭘요? 뭘 넘겨줬다는 거예요?

멍청했지. 그놈한테 넘기는 게 아니었어. 갖고 있었으면 오늘 이런 이야기를 하고 말고 할 필요도 없었다. 다 뺏어갔어, 그놈이. 전부 다.

그가 듣고 싶은 말은 아니었다. 그는 바닥의 한 지점을 노려보는 아버지의 얼굴을 주시했다. 아버지가 의도적으로 자신의 이야기를 무시하는지, 일부러 엉뚱한 이야기를 늘어놓는지 알고 싶어서였다. 그가 무슨 말을 꺼내려고 할 때 아버지가 다시 말했다.

그 땅 말이다. 희래, 그놈이 가져간 내 땅!

아버지는 그들, 희래 삼촌과 여래 이모가 어느 날 문득 마을에 나타났다고 했다. 순진하고 착한 척 굴며 사람들의 동정심을 샀다고, 작당하여 남의 걸 하나둘씩 빼앗았다고, 순진하고 착한 자신을 배신했다고 했다. 모의, 속셈, 꿍꿍이 같은 단어를 내뱉는 아버지의 얼굴이 잠깐씩 일그러졌다.

그가 듣기엔 모두 터무니없는 이야기였다.

아, 아버지. 제발, 아버지.

그는 은박지 조각을 만지작거리는 아버지의 두 손을

감싸 잡았다. 손끝이 안으로 휘고, 마디마다 관절이 불거진 거친 손. 피부라기보단 시멘트 표면에 가까운 감촉이 그 안의 뭔가를 깨운 것 같았다. 목덜미를 타고 뜨거운 기운이 올라왔고 눈물이 새어나왔다. 그는 바닥의 휴지 뭉치로 눈가를 꾹꾹 눌렀다. 돼지기름 냄새가 올라왔고 눈이 따끔거렸다.

누가 알았냐, 거기 도로가 날 줄. 그 땅이 그리 비싸질 줄 누가 알았어. 희래, 그놈은 알았을 거다. 알고말고…… 알고도 모른 체했겠지. 뻔뻔한 놈. 근본 없는 놈. 괘씸한 놈.

아버지는 계속 딴소리를 했다. 그와 눈 한번 맞추지 않았다.

아버지, 제 말 좀 들어봐요. 이상한 말 그만하고 내 이야기 좀 들어보라고요. 아버지, 나도 이제 편하게 살고 싶다고. 그럴 자격 있잖아. 나보다 못한 놈들도 잘만 사는데 나라고 언제까지 이렇게 살 순 없잖아요. 아버지, 내 말 듣고 있어요? 제발, 아버지.

두 사람의 말은 접점 없이 이어졌다. 자석의 척력처럼 서로를 밀어내고 배척하던 대화가 고조되었을 때, 결국 그가 물러섰다. 체념하고 단념하고 포기하는 것. 그건 사는 동안 그가 가장 많이 해온 일 중 하나였고 이번에도 전혀 어렵지 않았다.

도대체 무슨 땅 이야기를 하는 거예요. 뭔 땅이 있다고. 알았어요. 됐어요, 그만해요. 그만두자고요.

그 말을 내뱉는 순간, 그는 다시금 실패했다고 느꼈다. 정신이 온전치 못한 아버지의 마음조차 열지 못하는 한심하고 무능한 인간. 그는 스스로를 질책했다.

안 팔고 있었으면 장우, 너한테 줬을 거다. 주고말고. 다 네 거였을 거다. 그랬으면 좋았을 거야.

한참 만에 아버지가 그의 무릎에 한 손을 올리며 말했다. 애틋하고 다정한 그 목소리가 다시금 감정을 건드렸다. 그는 매운 파 냄새와 돼지기름 냄새가 나는 휴지 뭉치로 눈가를 훔치다 결국 아이처럼 울음을 터뜨렸다. 그 순간에는 실재하지도 않고 실재할 리도 없는 그 땅을 상속받은 것 같았고, 그걸로 충분한 것 같았다. 그는 취해 있었다.

요즘 울 일이 많은가봐. 울고 나니 어때, 후련해? 아주 홀가분해 보이네.

다음 날 새벽, 고향집을 나설 때 아내가 말했다. 그는 대꾸하지 않았다. 두 딸이 안전벨트를 맨 걸 확인하자마자 시동을 걸었고 곧장 마을 뒤쪽으로 차를 몰았다.

술 덜 깼어? 저쪽으로 나가야 하잖아. 내 말 듣고 있어?

아내의 말을 그는 무시했다. 아버지의 말이 사실인지 아닌지 그저 가볍게 확인할 생각이었지만 기분이 착잡했다. 이십여분을 달려 그곳에 도착했을 때, 그는 도로 한쪽에 차를 세우고 이렇게 말했다.

땅이 있었다네, 아버지가.

무슨 땅?

아내가 물었고 그가 답했다.

아버지가 나한테 물려주려고 했던 땅. 내 땅.

그는 차에서 내려 파란색 공사 가림막에 다가갔다. 고속화도로 부지라고 적힌 조감도에는 시원하게 쭉 뻗은 4차선 도로가 그려져 있었다. 그는 자신의 것이 될 수 있었고, 자신에게 얼마간의 이익을 가져다줄 수 있었던 가림막 너머의 땅을 상상했다. 그랬다면, 그럴 수 있었다면. 훗날 가족들과 함께 쭉 뻗은 새 도로를 질주할 때에 느끼게 될 만족감과 흐뭇함도 그의 몫이 되었을 거였다. 희래 삼촌의 것이 아니라. 그는 가림막을 따라 이리저리 걸어 다녔다. 울지는 않았다. 그 순간, 그를 사로잡은 감정은 눈물과는 거리가 먼 것이었다.

아버지는 이듬해 가을에 세상을 떠났다.

마른기침이 심해졌고, 입원과 퇴원을 반복하다 폐렴 증상이 악화하면서 숨을 거둔 거였다. 그도 누나도 아버지의 임종을 지키지 못했다. 그저 고통이 길지 않았다는, 수면 중에 심장이 멈췄다는 담당 의사의 말을 위안 삼았다.

아버지의 장례는 읍내 딱 하나뿐인 장례식장에서 삼일장으로 치렀다. 그는 상주 완장을 두르고 빈소를 지켰다. 슬프진 않았다. 어느 정도 예상한 일이었고, 언젠간 닥쳐올 시간이었으므로. 조문객이 오면 그는 자리에서 일어나 예의를 갖추었고, 누나 내외와 함께 친지들의 안부를 챙겼다. 그러나 잠깐씩 진공 같은 고요가 찾아들면 영정사진 속 아버지의 표정이 미묘하게 바뀌는 듯한 착각이 들었고, 오래전 아버지와 나눴던 이야기들이 무질서하게 떠올랐다.

희래 삼촌은 둘째날 오후에 왔다.

검은 정장 차림의 남자가 빈소로 들어섰을 때, 그는 삼촌을 한번에 알아보지 못했다.

여래는 외국에 있어서 못 왔다. 미안하다고 전해달라고 하더구나. 마음이 많이 힘들지? 형님은 좋은 곳으로 가셨을 거다. 분명 그럴 거야. 기운 내라.

분향을 끝내고 삼촌이 그와 누나에게 다가왔다. 그는 고개를 끄덕였을 뿐 누나처럼 자연스럽게 안부를 나누진 못했다. 이상한 기운을 감지한 듯 누나가 몇 차례 그를 힐끗거렸지만 그는 건조하고 냉랭한 응대를 고수했다.

몇몇 조문객이 다녀간 뒤 빈소가 다시 한산해졌다. 접객실로 나오자 아직 거기 머물고 있는 삼촌이 보였다. 아버지 연배의 마을 어른들 사이에서 삼촌의 모습은 도드라지는 데가 있었다. 이어 삼촌 곁에 앉은 작은 딸애가 눈에 들어왔다. 아이는 방울토마토를 만지작거리며 무슨 대답을 이어나가는 듯 보였다.

그는 그 자리에 선 채로 작은딸을 불렀다. 아이는 듣지 못한 것 같았다. 그는 한번 더 불렀고, 나중엔 모두가 돌아볼 정도로 목소리가 커졌다.

아빠, 왜?

딸애가 다가왔다.

엄마 어디 갔어?

몰라.

엄마 찾아봐. 엄마 옆에 있어, 혼자 돌아다니지 말고.

엄마가 여기 있으랬어. 나 아까부터 계속 저기 있었다고. 작은할아버지 옆에.

194

작은할아버지는 누가 작은할아버지야. 말 안 들을래?
아빠가 엄마 찾으라고 하잖아!

그가 언성을 높였고, 멀리 삼촌과 눈이 마주쳤다. 그 순
간, 삼촌의 표정이 미묘하게 바뀌었다. 약간은 찌 푸린 듯
한, 웃음을 머금은 듯한 얼굴이 그에게 무슨 말을 하는 것
같았다. 그건 그의 착각인지도 몰랐다. 그는 투덜거리는
아이를 데리고 빈소로 들어와버렸다.

그날 밤, 조문객들이 모두 돌아가고 누나와 단둘이 남
게 되었을 때 그가 말했다.

누나도 알지? 아버지가 삼촌한테 땅 판 거.

누나는 벽에 등을 기댄 자세로 느릿느릿 대꾸했다.

알지. 아버지 돌아가시기 전까지 매일 했던 말이 그거
잖아.

처음엔 뭔 소린가 했지. 근데 진짜더라. 땅이 있었다는
것도, 거기 도로가 나는 것도. 안 팔고 갖고 계셨으면 좋았
을 거야.

아버지가 그러셔? 갖고 있었으면 좋았을 거라고?

모르지. 삼촌이 팔라고 꼬드겼을지도. 다 뺏어갔다고 그
러시더라. 희래 삼촌이 평생 다 가져갔다고. 그거 한이래.

그렇게 대꾸하면서 그는 아버지의 사진을 올려다보았

다. 누나가 그의 말을 바로잡았다. 아버지가 땅을 판 건 아주 오래전의 일이었고, 그것도 도로 부지의 극히 일부분에 불과했다고. 자신이 기억하기로는 그때 그 땅을 팔지 않고는 생활이 도저히 불가능했으며 땅을 판 걸 후회할 게 아니라 땅을 사준 삼촌에게 고마워해야 하는 일이라고. 아버지의 그런 말은 도리와 염치까지 죄다 잡아먹은 그 고약한 병 탓이라고.

그는 모르는 소리라고 생각했다.

누나는 아버지와 진솔하게 대화를 나눈 적이 없을 테니까. 처음부터 그 땅이 자신의 것이 되리라고 생각하지 않았을 테니까. 아버지가 땅을 팔지 않았더라면 그것은 그의 몫이 될 게 분명했으니까. 그는 더 반박하지 않았다. 어차피 누나는 이해하지 못할 거였다.

아버지는 낡은 시골집과 집 근처 텃밭 크기의 토지, 장례 비용 정도의 예금을 유산으로 남겼다. 누나는 그 모든 걸 그에게 양보했다. 그럴 정도로 여유가 있는 거였다. 아니면 유산의 규모가 누나에겐 굳이 욕심낼 필요가 없을 정도로 미미한 탓인지도 몰랐다.

그는 읍내 부동산 몇 곳에 집과 토지를 모두 내놓았지만 팔진 않았다. 사겠다는 사람은 드물었고, 이따금 연락이 와도 어처구니없는 가격을 제안하기 일쑤였다. 대충 시세에 맞게 처분하자고 아내가 말할 때마다 그는 지금으로선 예상할 수 없는 어떤 행운과 기회를 떠올렸다. 언제나 한발 늦게 찾아오는, 외면하면 두고두고 후회하게 될지 모르는 무엇. 그는 아버지의 실수를 되풀이하고 싶지 않았다. 그러나 자신의 선택이 옳았음을 알게 되기까지 얼마만큼의 시간이 걸릴지 알 수 없었다. 그건 그의 삶이 아버지가 죽은 후에도 아버지가 살아 있었던 때와 마찬가지로 큰 변화 없이 흘러갈 거란 의미이기도 했다.

몇년 뒤, 대학에 진학한 큰딸이 학교 근처에 방을 얻었다.

그즈음엔 아버지가 남긴 유산은 거의 남아 있지 않았다. 그에겐 매번 가혹하다 싶을 정도로 더디게 오는 어떤 기회를 기다릴 여유가 없었던 거였다.

그는 그 자취방 이사에 동행했다. 봄이었지만 쌀쌀한 날씨였다. 아내를 대신해 딸애의 간소한 살림살이를 살피고 몇가지 당부도 빠뜨리지 않았다. 딸애의 동기라는 여자아이가 와서 이사를 거들었다. 그는 그 아이의 이름을 들었지만 금세 잊었다. 두 아이는 화장실 선반에 휴지를 채

워넣으면서 무슨 말인가를 소곤거렸고, 좁디좁은 베란다에서 세탁기 버튼을 이리저리 눌러보며 킥킥거렸다. 그가 싱크대 앞에 쪼그리고 앉아 배수구를 확인하는 동안엔 침대에 나란히 앉아 휴대폰을 보느라 정신이 팔려 있었다.

그는 딸의 친구와 별다른 이야기를 나누지 않았다. 딱히 할 말이 없기도 했지만 어딘가 묘하게 이질적인 생김새에 거리감을 느낀 탓이었다. 짐 정리를 대충 마무리하고 집을 나설 때, 그는 그 친구에게 오늘 와줘서 고맙다고, 앞으로 딸애와 잘 지내길 바란다고 형식적으로 인사했다. 그리고 그애를 바라보는 자신의 눈빛, 그 안에 담긴 어떤 언짢음과 꺼림칙함을 의식하며 서둘러 돌아섰다.

딸애가 건물 입구까지 그를 따라 나왔다. 그는 이미 여러번 당부했던 사항들을 한번 더 말한 뒤 지갑에서 지폐 몇장을 꺼내 건넸다. 마음에 걸리는 듯 딸애의 자취방을 몇번 올려다봤지만 그 친구에 관해선 아무 말도 하지 않았다.

그는 개운치 않은 마음으로 차를 몰고 좁은 골목을 빠져나왔다. 대학가여서 거의 자취촌이나 다름없는 그곳은 젊은이들로 붐볐다. 갑자기 튀어나오는 사람들 탓에, 도무지 비켜줄 생각이 없는 자전거와 오토바이 탓에 그는 속도를 늦추었고 아예 멈춰 서야 할 때도 있었다. 그럴 때면 체구가 작고 피부색이 다른, 누가 봐도 이곳 출신이 아닌 행인들의 구체적이고 세부적인 면면이 눈에 들어왔고, 열린 창으로는 해독할 수 없는 낯선 말소리가 한꺼번에 쏟아져 들어왔다. 외국어가 적힌 울긋불긋한 간판들, 코를 자극하는 강렬한 냄새들, 어쩐지 어수선하고 수상쩍은 분위기까지.

결국 그는 도로 한쪽에 차를 세우고 딸애에게 전화를 걸었다. 한참 만에 전화를 받은 딸애는 성가시다는 투로 그를 대했다.

그 친구 말이다. 언제 만난 거야? 학교에서 만난 거니?

그가 목소리를 낮추고 조심스럽게 질문하면,

뭐라고? 아빠, 나 밥 먹으러 가는 길이야. 친구랑 같이 있다고!

엉뚱한 대답을 하는 식이었다. 그는 친구가 없는 곳으로 잠시 자리를 옮기라고 권했고, 그 친구에 관해 선을 넘지 않을 만한 질문을 이어가다가 언성을 높였다. 딸애는 짜증스러운 목소리로 무슨 말인가를 하고는 전화를 끊어버렸다. 다시 전화를 걸었지만 통화는 이뤄지지 않았다.

날이 저물고 있었다. 멀리 도로가 꺾이는 지점에서부터

짙은 노을이 번져오는 게 보였다. 그는 갑자기 침범한 그 빛에 적응하려는 듯 눈을 깜빡이며 안경을 고쳐 썼다. 그러곤 휴대폰을 내려다보며 문자 메시지를 작성하기 시작했다.

주어와 목적어가 분명하지 않은 문장들, 이유와 까닭이 생략된 표현들, 어딘가 모호하고 애매한 의미들. 뭔가를 썼다가 지우고 다시 쓰는 그의 손가락이 갈팡질팡했다. 한참 만에 그가 보낸 건 두 문장이 전부였다. 조심해라, 걱정된다. 무엇을 조심해야 하고 무엇이 걱정되는지 밝히진 못했다. 그 순간엔 그 모든 걸 설명할 엄두가 나지 않았다. 아니, 그런 것들은 처음부터 일목요연하게 간추릴 수 없는 영역에 속해 있는지도 몰랐다.

그 메시지에 오타가 났다는 것은 나중에 알았다. 도심해라, 석정된다. 그날, 고심 끝에 그가 보낸 건 뜻을 알 수 없는 이상한 단어의 조합이었다.

달걀의 온기

4월 셋째 주에 선희는 고향집으로 이사했다.

이삿짐 트럭을 동원해야 할 정도의 이사는 아니었다. 선희는 당장 필요한 것들만 챙겼다. 옷가지와 전자기기, 기호식품과 생필품을 담은 두개의 캐리어는 차 트렁크에 딱 맞게 들어갔다. 서울에서 두시간 거리. 선희는 휴게소에 들러 구운 알감자와 핫바를 야무지게 챙겨 먹고, 한산한 국도로 접어든 후에는 창을 열어 막 깨어나기 시작한 봄의 기운을 만끽했지만 그 이사가 달갑지는 않았다. 그건 어디까지나 그 집을 선점할 거라는 제스처이자 오빠들에게 호락호락 뺏기진 않을 거라는 선전포고 같은 거였으니까.

고향 마을은 여전해서 어쩌면 이렇게 바뀐 게 하나도 없을까 싶을 정도였다. 그러나 그곳은 시간이 비껴가거나 세월이 망각한, 뒤처지고 낙오된 장소는 아니었다. 오히려 모두가 똘똘 뭉쳐 시간을 물리치는 느낌에 가까웠다. 숨 가쁘게 변하는 유행과 세태, 시류 따위가 밀고 들어올 틈이란 없었다. 마을은 세상의 어떤 변화에도 끄떡없는 고집스러움과 완고함, 고지식함을 버릴 생각이 없어 보였다.

선희는 고향집 마당에 차를 세우고 짐을 내린 뒤 집 안으로 들어섰다. 가장 먼저 한 일은 문과 창문을 모두 열고 아버지의 냄새를 내보내는 것이었다. 아버지는 한달 전 요양원에 들어갔다. 그가 자처한 일이었다. 그렇지만 그녀를 포함한 세명의 자식들 모두 반대하지 않았다. 이따금 집이 걱정된다거나 일이 그립다거나 하는 아버지의 푸념 속에서 후회의 감정이 내비치곤 했지만 그녀는 모른 척했다. 분위기로 보아 오빠들도 비슷하게 대응하고 있는 모양이었다.

선희는 창고 입구에서 발견한 파라솔을 마당 한가운데 펼쳤다. 철제 의자를 가져와 둥그런 그늘 아래 앉으니 안성맞춤이었다. 그녀는 캔커피를 마시며 담배를 피웠다. 고개를 들자 멀리 나지막하게 펼쳐진 산자락이 보였다. 막 돋아난 연둣빛 새잎이 능선을 타고 오르는 중이었다. 그녀는 그 초목의 성장 속도를 가늠해보았다. 6월, 7월,

8월. 그렇게 중얼거리며 이 시골집에 머물러야 하는 최소한의 기간과 최대한의 기간을 느슨하게 어림잡았다.

누군가 자신을 보고 있다는 건 나중에 알았다.

그녀가 몸을 숙여 담뱃불을 끌 때, 반쯤 열린 대문 너머로 뭔가가 보였다. 거대한 비눗방울 같기도, 아지랑이 같기도 한 무언가. 그건 잠자리채였다. 그것을 든 사람의 어깨가 보이다가 말다가 했다. 그녀는 대문을 주시했다. 누구라도(그럴 리 없겠지만 만약 오빠들이라면 더욱더) 허락 없이 들어온다면 선선히 맞이하지는 않을 거라고 다짐하면서. 그리고 한순간, 잠자리채가 공중으로 가볍게 떠오르는가 싶더니 사라져버렸다. 뜀박질 소리가 담을 따라 이어지다가 멀어졌다.

한동안 빈집으로 방치되어 있던 이곳에 그녀가 돌아왔음을 가장 먼저 알아챈 건 옆집 노인 고씨였다. 땅거미가 질 무렵에 낮은 담벼락 너머로 까랑까랑한 목소리가 건너왔다.

누구야? 선희 왔냐? 선희 맞지?

마당 한쪽에서 장독 안을 살펴보던 선희는 하마터면 장독 뚜껑을 떨어뜨릴 뻔했으나 내색하지 않고 태연하게 인사했다.

네, 안녕하세요. 잘 지내셨죠?

여든이 훌쩍 넘은 나이에도 여전히 총명한 기운을 잃지 않은 고씨는 나지막한 담벼락 위로 고개를 내민 채 눈을 가늘게 뜨고 있었다. 스무살 무렵에 집을 떠난 뒤, 명절에는 꼬박꼬박 고향집에 내려오던 시절을 지나 발길을 끊다시피 한 게 열두해를 넘어가고 있었다. 선희의 얼굴에 고씨가 기억하는 어린 소녀의 모습이 남아 있을 리 없었으나 고씨는 선희를 어제 본 것처럼 친숙하게 대했다.

언제 왔냐? 아버지 다시 모셔 오려고 내려온 거야?

아니요. 아버지는 이제 안 올 거예요. 거기가 좋대요.

거짓말이었다. 고씨는 그럴 리가, 하는 눈빛으로 그녀와 눈을 맞추고는 잠시 건너오라는 듯 손짓을 했다. 그녀는 옆집으로 가서 고씨가 주는 밑반찬을 받았다. 오래 절인 탓인지 거의 검게 변한 고추장아찌와 희멀건 김치 한 포기, 연한 상추 한 줌까지.

계란도 좀 줄까?

그걸로는 부족하다고 생각했는지 고씨는 돌아서려는 선희를 불러 세우고 계란 다섯개를 꺼내왔다. 약간 묵직한 느낌이어서 봤더니 멍이 든 것처럼 푸르스름했다.

이거 먹어도 되는 거예요?

선희가 물었고 고씨가 답했다.

그럼! 청란이라고 아주 귀한 거야. 너희 아버지도 만날 맛있게 잡숫던 거야. 가져가서 맛이나 봐.

그녀는 아버지가 비린내 탓에 계란을 거의 입에 대지 않는 사람이었다고 말하지 않았다. 그저 받은 것들을 두 손으로 안아 들고 나오면서 와이파이에 대해 묻고 싶은 마음을 억눌렀다. 염치없어 보일지도 모른다기보다 그런 게 있을 리 없다는 생각이 들어서였다.

선희는 아버지의 손에서 컸다. 자신을 낳은 어머니에 대한 기억은 없었다. 자라면서 한명의 어머니가 생겼고, 그 어머니가 떠난 뒤 다시 한명의 어머니가 생길 뻔했으나 그런 일은 일어나지 않았다. 마을 사람들은 선희가 기억하는 가장 어린 시절부터 그녀를 엿집 딸내미라고 불렀다. 엿집 자식, 엿집 막둥이, 엿집 가시내. 이름을 불러주는 사람은 드물었다.

조부모가 전통 방식으로 엿을 만들어 생계를 유지했다는 것은 나중에 알았다. 가업(가업이라고 할 정도로 거창한 규모는 아니었으나)을 당연히 물려받을 거라 생각했던 장남, 즉 그녀의 아버지가 그것을 거부했기 때문이었다.

조부모가 건네주었던 엿의 부드러운 식감과 은은한 단

맛은 선희의 기억 속에 희미하게 남아 있었다. 어쩌면 소
중한 추억으로 간직될 수도 있었을 그 기억은 그녀가 엿
집 딸내미라는 말에서 어떤 조롱과 경멸의 기운을 느끼고
'엿'이라는 단어의 다른 쓰임을 알게 되면서부터 급속히
붕괴되고 망각되었다. 선희는 자신의 삶이 그때부터 잘못
되었다고 생각했다. 그 별칭이 자기 삶에 닥쳐올 불행과
좌절을 얼마간 암시하는 것처럼 느껴졌다. 그 시절, 선희
는 엿 같다거나 엿 먹으라거나 하는 말은 절대로 하지 않
는 어른이 되겠다고 다짐했으나 그러지 못했다. 어른이
된 뒤 자기도 모르게, 너무나 쉽게 그런 말을 내뱉고 나면
졌다는 생각이 들었다. 자신이 처한 환경에, 스스로에게
주어진 삶에 속절없이 굴복한 느낌이 들었다.

그건 완전한 패배였다.

며칠간 선희는 집을 나오지 않았다. 이틀은 종일 죽은
듯 잤고, 또 며칠은 계속 일정을 미루는 인터넷 설치 기사
를 기다렸다. 잠자리채의 주인을 본 건 어쩐지 골이 난 듯
한 설치 기사가 막 작업을 마치고 집을 나설 때였다.

혹시 뭐 문제 있으면 저한테 바로 연락하지 마시고요,
고객센터에 먼저 접수하세요.

기사는 오토바이에 시동을 켜며 주의를 주었고, 선희는

대답하지 않았다. 그 순간 열린 대문 너머로 잠자리채를 든, 열한살 남짓으로 보이는 여자애가 모습을 드러냈기 때문이었다. 갑자기 키가 자란 모양인지 길쭉하고 빼빼 마른 그 아이는 새초롬한 얼굴로 대문 앞을 서성이다 집을 나서는 기사를 불러 세우고 무슨 이야기를 나누는 듯 보였다.

이윽고 그애가 오토바이 뒷좌석에 올라탔는데 그 모습이 선희를 불안하게 했다. 언젠가 뉴스에서 스치듯 보았던 기분 나쁜 사건들이 떠올랐다. 그녀는 경고 삼아 오토바이를 잠깐 뒤따라가려다가 결국 그들이 멈춰 선 곳까지 따라가고 말았다.

오토바이는 과수원 초입의 주택 앞에 서 있었다.

선희의 기억이 맞다면 그곳은 어린 자신에게 호의적이었던 장소는 아니었다. 영철인가 영호인가 하는 동갑내기 남자애는 근사하고 널찍한 그 집(그 시절엔 그렇게 보였다)과 그 집의 주인인 자기 부모, 그밖에 자신에게 주어진 좋은 것들을 무기 삼아 늘 고약하게 굴었다. 사실 여느 또래 남자애들의 짓궂음 정도에 불과했던 그애의 장난이 선희에게 늘 깊은 상처를 남긴 건, 그애를 둘러싸고 있는 좋은 것들 때문인지도 몰랐다. 그애에 대한 부러움은 미움으로 번졌고, 집까지 걸어오는 동안 그 마음은 자신의 처지에 대한 원망으로, 쓸쓸한 자조로 바뀌곤 했다.

오래전 선희의 접근을 가로막는 듯했던 그 집은 이제 세월을 견디는 것만으로도 벅차 보였다. 더는 누구의 출입도 막아설 기력이 없는 듯했다. 선희는 보란 듯 마당 안으로 발을 들였고, 출입문이 반쯤 열린 집을 지나 인기척이 나는 창고 쪽으로 성큼성큼 걸어가며 약간의 통쾌함을 느꼈다.

말소리는 창고 옆 비닐하우스에서 새어나오고 있었다. 닭 울음소리와 날갯짓 소리가 들리는가 싶더니 드릴로 못을 박는 듯한 소음과 뭔가를 두드리는 소리가 간헐적으로 이어졌다. 그 소음들이 그녀의 머릿속에 어떤 무자비하고 끔찍한 장면들을 흩뿌려놓았다. 참지 못하고 출입문 쪽으로 고개를 디미는 순간, 선희는 그곳을 나오던 기사와 거의 정면으로 부딪힐 뻔했다.

어? 나 따라온 거예요? 왜요, 뭐가 또 안 돼요?

기사가 물었지만 선희는 대답하지 않고 곧장 비닐하우스 안으로 뛰어들어갔다. 여기저기 쌓인 목재 조각을 아슬아슬하게 피하면서도, 고무대야와 냄비 같은 잡동사니를 흘끔거리면서도 그곳이 아주 엉망이라는 사실은 인지

하지 못했다. 그 정도로 마음이 급했다.

다행히 그녀가 염려했던 일은 벌어지지 않았다. 그애는 커다란 고무통 앞에 쪼그리고 앉아 있다가 벌떡 일어나서 그녀를 보았다. 그 바람에 아이가 든 잠자리채 끝이 고무통을 때렸고, 근처를 얼쩡거리던 닭들이 퍼덕거리며 날아올랐다. 바닥에서 자욱하게 먼지가 피어올랐다.

괜찮니, 너?

선희가 그렇게 물을 때 멀리서 오토바이 소리가 났다. 그리고 그때까지 전혀 깨닫지 못했던 비릿한 악취가 콧속으로 돌진해왔다.

뭐가요?

그애가 되물었고, 선희가 옷소매로 코와 입을 가린 채 큰 소리로 말했다.

저 사람 여기 왜 온 거야? 네가 부른 거야?

닭장 문이 떨어지려고 해서요. 아저씨가 고쳐줬어요.

선희는 영철인지 영호인지 이름도 정확히 기억나지 않는 기억 속의 그 고약한 남자애를 잠깐 생각했다. 어딘가 새침하고 무뚝뚝해 보이는 여자애의 얼굴이 묘하게 그 남자애와 닮은 듯했기 때문이었다. 그러나 자신의 착각일지도 모르는 그 의문에 대한 답을 찾기도 전에 도망치듯 그곳을 나와야 했다. 악취 탓이었다. 밖으로 나와 참았던 숨을 토해내자 헛구역질이 올라왔다.

근데 아줌마는 왜 온 거예요?

뒤따라 나온 아이가 물었다. 그녀는 숨을 고르며 아이의 차림새를 훑었다. 목이 늘어난 살구색 티셔츠와 무릎이 튀어나온 면바지, 뒤축이 접힌 운동화가 인상을 전체적으로 맥 빠지게 만들고 있었으나 그애에겐 그런 것들을 상쇄할 만한 다부진 뭔가가 있었다.

묘하게 친숙한, 그래서 단번에 이해할 것 같은 그 뭔가가 무엇인지 그땐 알지 못했다. 그것이 점점 또렷해지는 자신의 처지를, 바꿀 수 없는 자신의 태생을 인정하는 데서 오는 일종의 체념에 가까운 감각이라는 것을, 어린 시절 자신이 내내 움켜쥐고 있다가 이곳을 떠날 때 미련 없이 내던져버린 뭔가와 닮아 있다는 것을 안 건 시간이 더 흐른 뒤였다.

아, 그냥. 기사님한테 물어볼 게 있어서.

그녀는 그렇게 얼버무렸고 한 걸음 물러섰다. 그아가 움켜쥔 푸르스름한 그물망 때문이었다. 이리저리 움즈이는 그물망 속에 벌레가 가득했다. 이름도 종류도 알 수 없는 새까만 벌레들의 날갯짓 소리가 요란했다.

뭐니, 그게?

밥이요.

뭐?

우리 닭들 먹이예요. 늘 배고파하거든요.

네가 잡은 거야?

네.

그래, 아무튼 조심해.

뭘요?

뭐든. 조심해서 나쁠 건 없으니까.

돌아오는 길에 선희는 요즘 시골 애들은 겁이 없다고, 맨손으로 벌레도 잡는다고 중얼거렸지만 곧 그 일을 잊었다. 해가 질 무렵엔 파라솔에 앉아 멍하니 노을을 바라보았고, 저녁을 차려 먹고 나자 금세 어둠이 내렸다.

한밤에 선희는 노 팀장에게 메시지를 보냈다.

노 팀장은 몇달 전 그녀가 온라인에서 알게 된 투자 모임의 리더였다. 마치 경쟁이라도 하듯 수익률을 자랑하던 사람들이 깍듯하게 선생님이라 부르던 인물. 그녀는 그 사람의 얼굴도, 나이도, 성별도, 출신도 알지 못했으나 그를 알 만큼 안다는 생각이 들었다.

노 팀장은 그녀에게 투자의 기쁨을 처음 알려준 사람

이었다. 큰 각오가 필요했던 오십만원의 첫 투자가 며칠 만에 거의 두 배의 이익이 되어 돌아왔을 때 그녀는 감격했고, 그것은 곧장 더 많은 돈을 투자할 용기로 옮겨갔다. 노 팀장은 투자금을 잃을지 모르는 상황에서도 흔들리지 않는 뚝심과 투자금을 날린 후에도 포기하지 않는 끈기에 이르기까지 모든 걸 아낌없이 가르쳐주었다.

그 배움의 대가는 칠백만원의 빚으로 남았다.

그녀는 원금을 돌려달라고, 최소한 그 일부라도 되찾고 싶다고 사정하는 대신 자신의 형편과 처지를 짤막하게 기록했다. 맞다. 노 팀장과 자신만 남은 썰렁한 채팅창은 그녀의 일기장이 된 지 오래였다. 그 사람이 자신의 메시지를 확인할 가능성은 희박했으나 선희는 그만둘 생각이 없었다. 기필코 널 찾아내겠다거나 한 패거리였던 그 방 사람들 모두를 죽을 때까지 저주하겠다거나 하는 날선 메시지를 보낼 때도 있었으나 대부분의 경우 선희는 애원도 호소도 뭣도 아닌 글을 끄적이고, 그 행위를 통해 자신이 이 돈을 포기하지 않았음을 떠올렸다. 아니, 그만 포기하고픈 마음을 그런 식으로 매번 다잡는지도 몰랐다.

멀리서 새 우는 소리가 났다.

처량맞은 그 소리가 기분을 울적하게 만들었고, 다시금

장래에 대한 불안감이 엄습했다. 그녀는 집을 나와 차에 올라탄 뒤 라디오를 틀었다. 클래식 음악은 분위기를 전환하기엔 역부족이었고, 한밤에 듣는 국악은 어딘가 오싹한 데가 있었다. 그녀는 라디오를 끄고 휴대폰으로 음악을 틀었다. 걱정이 없던 시절, 그러니까 늘 희망차게 보이던 미래가 공포로 돌변할 수 있음을 모르던 어린 시절 즐겨 듣던 노래였다. 그녀는 장래에 대한 암담한 전망이 희미해질 때까지 두 손으로 핸들을 두드리고, 이따금 몸을 흔들면서 노래를 따라 불렀다.

그렇게 아무 하는 일 없이 며칠을 더 보낸 뒤, 어느 화요일 오전에 선희는 차를 몰고 읍내로 갔다. 고향집의 시세를 알아보기 위해서였다.

아, 저희는 주로 땅을 거래하고 있어서요.

그녀가 처음 들어간 도로변의 널찍한 중개사무소에는 잘 차려입은 남자가 셋이나 있었으나 아무도 그녀에게 관심을 주지 않았다.

아, 그 동네는 내놔봐야 보러 오는 사람이 없을 텐데. 요즘은 저 길 건너에 다들 관심이 있지. 도로 확장이 되니 마니 말이 많잖아요.

농협 뒤편에 자리한 중개사무소의 반응도 미적지근하

긴 마찬가지였다.

왜 이제 왔어? 지난해에만 왔어도 그럭저럭 괜찮은 값을 받을 수 있었을 텐데. 늦게 왔네. 너무 늦었다고.

그리고 세번째로 찾은 허름한 중개사무소에서 그 이야기를 들었을 때 그녀는 낙담하는 대신 안도했다. 안타까워하는 사장의 목소리에서 미약하지만 그래도 희망이라고 할 만한 것을 발견한 기분이었다. 선희는 움직일 때마다 쿰쿰한 냄새가 올라오는 소파 귀퉁이에 자리를 잡고 진지한 표정으로 물었다.

그럼 지금 내놓으면 얼마나 받을 수 있는데요?

얼마를 받으려고?

뒤통수에만 약간의 머리칼이 남은 작달막한 남자가 대꾸했다. 칠십대 중반이 되었을까 싶은 남자의 얼굴이 묘하게 익숙했으나 선희는 대수롭지 않게 여겼다. 늙어가는 데에는 한 사람의 고유성과 개성을 무너뜨리며 모두를 다 비슷비슷하게 만드는 속성이 있음을 모르지 않았으니까. 이따금 거울 앞에 서면 자신의 얼굴 속에도 그런 기운이 조금씩 스며들고 있음을 느낄 수 있었다. 그건 늦출 수는 있어도 막을 수 있는 문제는 아니었다. 그렇게 생각하는 게 마음이 편했다.

뭐, 많이 받으면 좋죠.

많이는 어렵지. 거기 살고 있는 거면 그냥 거기 사는 게 이득이야, 지금은.

탁자 유리 아래 깔린 지도를 주시하던 그가 돌연 고개를 들고 물었다.

가만있자, 102-7번지면 옆집 홍석이 집인데. 너 옆집 막둥이냐? 막내 가시내 맞제?

선희는 그렇다고도 아니라고도 대답하지 않고 우물쭈물하다가 그곳을 나왔다. 속으로 매만지고 있던 말, 그래도 육천 정도는 충분히 받을 수 있지 않겠냐는 질문은 하지 못했다. 그가 십년 전, 이십년 전 기억을 들먹이며 아버지와의 친분을, 어린 그녀에게 베풀었던 친절과 애정을 과시하듯 굴었기 때문이었다.

웃기네, 진짜.

시동을 걸고 거칠게 차를 몰며 선희는 지긋지긋하다는 생각을 했다. 그제야 진절머리를 치며 떠났던 고향에 되돌아왔다는 실감이 들었고, 그러자 그럴 수밖에 없는 자신의 처지가 되살아났다. 무엇보다 선희는 그들, 아버지를 포함한 마을 어른들이 하는 말에 동의할 수 없었다. 그들의 말 속에서 그들은 선희에게 더 잘해주지 못했음을

안타까워하는 인자하고 너그러운 어른의 모습을 하고 있
었으나 선희의 기억은 달랐다.

그녀의 아버지는 두 아들의 뒷바라지를 하느라 막내인
선희에겐 무심했다. 그녀는 자신이 가고 싶어했건, 집에
서 먼 사립중학교에 가는 대신 읍내에 있는 공립중학교
에 진학했다. 그 바람에 한동안은 좌절감에 휩싸여 있었
고, 공부에는 이렇다 할 관심이 없는 친구들과 어울리기
시작했다. 그런 상황을 뻔히 알면서도 아버지는 선희를
타이르지도 다그치지도 않았다. 모르고 있었다면 그건 더
심각한 문제였다. 학업에 충실하지 못했던 중학교 시절
은 고등학교 진학에 영향을 미쳤다. 그녀는 자신이 다녔
던 중학교와 멀지 않은 고등학교에 진학했고, 어떻게 해
도 채워지지 않는 애정을 또래에게서 구하려고 부단히 애
썼다. 그래서 돌아보면 시시하고 별 볼 일 없는 친구들의
고민들에 귀를 기울이고 해결책을 찾느라 하루를, 일주일
을, 한달을 허투루 보내기 일쑤였다. 그러므로 선희가 아
무런 계획도 준비도 없이 성년을 맞은 건 얼마간 예정된
수순이었다.

선희는 되는대로 근처 전문대학에 진학했고 졸업은 하
지 못했다. 왜 아무도 자신에게 한번 더 기회를 가져도 좋

다고 말해주지 않았는지, 왜 자신의 가능성과 잠재력을 모르는 척했는지를 원망하며, 과거를 복기하고 놓쳐버린 가능성을 그리는 데에 이십대 대부분을 허비했다. 그리고 삼십대 후반에 이른 지금에도 그 생각을 떨칠 수 없었다. 단 한 사람이라도 자신에게 애정과 관심을 주었더라면 지금과는 전혀 다른 삶을 살고 있을 거라는 생각을 지울 수가 없었다.

잘못은 모두에게 있었다.

네 인생이니 네가 알아서 하라며 늘 애매한 태도를 취했던 아버지에게도, 자신의 삶을 개척하느라 막냇동생의 인생에는 요만큼의 관심도 주지 않았던 두 오빠들에게도, 고만고만하고 특별할 것 없는 삶이야말로 선희에게 어울린다는 듯 굴던 마을 어른들에게도. 그녀는 그것이 자신이 실패한 이유라고 생각했다. 그들 모두가 자신을 방치했기 때문에 자기 삶이 망가진 것이라 여겼다.

선희는 가속페달을 밟으며 더 멀리 있는 중개소를 찾아가봐야겠다고 다짐했고, 마을이 가까워올 무렵엔 부동산 직거래 사이트에 직접 글을 올리겠다고 결심했다. 마음이 급했다. 그래서였을 것이다. 집 앞을 얼쩡거리는 누군가의 뒷모습을 향해 크게 경적을 울린 것은.

그애였다.

담벼락 쪽으로 물러선 그애가 그녀를 돌아보았다. 그녀가 마당 한쪽에 차를 세우고 내릴 때까지도 그애는 대문 너머에서 그녀를 우두커니 지켜보고 있었다.

왜, 나한테 뭐 볼일 있니?

선희가 물었고 그애가 대문 가까이 다가왔다. 그런 후엔 입술을 만지작거리며 무슨 말인가를 중얼거렸다.

크게 말해야지. 하나도 안 들려.

선희가 몇 걸음 다가가자 그애는 표정을 바꾸더니 돌아서서 가버렸다. 그녀는 자신의 얼굴에 성가시고 짜증스러운 기색이 드러난 탓일지도 모른다고 여겼으나 그에 대해 깊이 생각하진 않았다. 그래서 그애를 부르지도, 뒤쫓아가지도 않았다. 선희에게는 그럴 여유가 없었다. 서둘러 집 사진을 찍어야 한다는, 가능한 한 많은 사이트에 매매 글을 올려야 한다는 조바심이 그녀를 사로잡은 거였다.

그녀는 곧장 그 일에 돌입했다.

집 안 곳곳에 널브러진 짐들을 한곳으로 모으고, 그나마 깨끗해 보이는 벽지를 배경 삼아 방과 거실을 찍었다. 화장실을 찍을 땐 때가 낀 타일 줄눈이 드러나지 않도록 신경 써야 했고, 한쪽으로 기울어진 듯한 싱크대를 찍을 때는 그보다 더 많은 주의를 기울일 필요가 있었다. 그런 다음 선희는 밖으로 나와 마당과 집 외관을 사진에 담았다. 그때그때 임시방편으로 보수한 집의 외관은 칠이 벗겨진 지붕과 깨진 빗물받이, 녹이 슨 알루미늄 새시 같은 세부가 더해져 볼품없어 보였으나 그나마 화창한 날씨와 주변 풍경의 도움을 받을 수 있어 다행이었다.

선희 있냐? 집에 있어?

선희가 대문 옆 담벼락에 사다리를 세우고 있을 때에 저쪽 담벼락 너머에서 고씨의 목소리가 건너왔다.

네.

선희는 무성의하게 대꾸하며 사다리를 올랐고, 아슬아슬하게 중심을 잡은 뒤 두 손으로 휴대폰을 들었다. 그런 다음 새파란 하늘과 먼 산의 연둣빛이 돋보이도록, 지붕이 사진 바닥에 살짝만 걸리도록 구도를 잡았다.

선희 너 지난번에 준 청란 다 먹었냐?

고씨가 다시 물었다.

와서 더 가져가. 왜 대답이 없어? 잠깐 건너올 시간도 없어, 그래?

그녀가 이렇다 할 대답을 하지 않는데도 고씨는 그만둘 마음이 없어 보였다. 아예 집으로 들이닥칠 기세였으므로 결국 선희는 사다리에서 내려와 옆집으로 갔다.

고씨는 열개들이 계란판에서 청란을 하나씩 꺼내다가 마음이 바뀐 듯 두알만 남기고 나머지 모두를 판째로 건넸다. 만류해봐도 소용이 없었다. 계란을 먹고 나면 속이 더부룩하다느니, 소화가 예전 같지 않다느니 하는 하소연에 못 이긴 척 선희가 청란을 받고 나서야 고씨는 호주머니에서 만원짜리 한장을 꺼내 선희에게 건넸다. 구김이 없는 새 지폐였다.

대신 내 심부름 하나만 해. 저 과수원 초입에 인호네 알제? 옛날에 왜 너하고 학교 같이 다녔잖아. 그 집에 갖다주면 된다. 내가 허리가 아파 도저히 엄두가 안 나서 그래.

인호요? 거기 영철이 집 아니에요? 영호였나?

영철이? 그게 누구야? 그 집은 대대로 인호네가 살았지. 그 집 조부가 장손이라고 인호를 얼마나 애지중지했는지 몰라. 지 새끼들 떼놓고 도망간 걸 알면 그 양반 성격에 가만 안 뒀지. 나중에 저승 가서 제 할아비 얼굴을 어떻게 보려나 몰라. 얼빠진 놈.

키 작고 얼굴 하얀 애, 맞죠? 걔 이름이 인호였구나. 근데 걔가 애가 있어요?

선희는 영철이나 영호라고 이름을 착각했던 그 남자애,

인호가 학창 시절 내내 자신에게 고약하게 굴었다는 이야기는 꺼내지 않았다.

그럼! 결혼을 얼마나 일찍 했는데. 애가 셋이야. 애 셋을 늙은 제 어미한테 다 떠넘기고 도망갈 줄 누가 알았겠나?

애들 엄마는요?

엄마도 애저녁에 내빼고 없지. 하여간 둘 다 제정신 아닌 건 틀림없어. 아무튼 가서 그거 주고 와. 내가 줬다고 하면 알 거야.

선희는 봄 햇살에 달궈진, 약간은 후텁지근한 시골길을 걸으며 인호의 삶을 생각했다. 애잔하다거나 안쓰럽다거나 하는 감정을 느낀 건 아니었다. 그건 자신의 나이가 누군가에게는 애 셋을 낳고, 그애들을 제 엄마에게 떠안기고 멀리 도망칠 수 있을 만큼 긴 시간일 수 있구나, 하는 자각에 가까웠다. 그러자 자신은 그런 짓조차 하지 않고 인생을 어영부영 보내고 있다는 생각이 들었고, 다시금 억울한 마음이 올라왔다. 그 감정은 어느새 가족들과 자신을 둘러싼 세계에 대한 원망으로 번졌다. 그녀는 언제나 그랬듯 그런 감정을 억누르지도 떨쳐버리지도 않고 그것들과 함께 걸었다. 때때로 선희의 마음을 말할 수 없이 어둡게 만드는 그것들은 이제 그녀의 일부가 된 것 같았다.

선희는 그 집 앞에 도착하고 나서야 그곳이 잠자리채를 들고 다니는 여자애네 집이라는 걸 상기했다.

계세요?

현관문이 반쯤 열린 집 안엔 아무도 없었다. 선희는 밖으로 나와 창고 쪽으로 향했고, 비닐하우스 앞에 멈춰 섰다. 누군가를 다그치는 듯한, 혼을 내는 듯한 말소리가 새어나오고 있었다. 그녀는 소매로 코를 막고 비닐하우스 안으로 고개를 디밀었다.

계세요? 아무도 안 계세요?

커다란 고무대야 앞에 쪼그리고 앉아 있던 누군가 몸을 일으키고 나왔다. 그애였다.

어른 안 계시니?

하마터면 선희는 부모님이 안 계시냐고 물을 뻔했다.

할머니는 일하러 갔어요. 아직 안 왔어요.

그래, 그럼 이거 할머니 전해드려. 고씨 할머니가 주신 거야.

그녀가 지폐를 건네자 아이가 그것을 받아 들며 야무지게 대꾸했다.

이 돈은 제 거예요. 제가 번 돈이에요.

그 순간, 선희의 눈에 들어온 게 있었다. 아이가 한 손에 움켜쥐고 있는 무엇. 처음에 선희는 그것이 인형이나 공, 아니면 주머니 같은 것이라고 생각했다. 그러니까 그것이 고개를 이리저리 움직이는 살아 있는 새일 거라고는 상상할 수 없었다.

뭐야, 혹시 그거 새니?

그녀의 목소리가 커졌다. 그애는 두 손으로 참새를 살며시 감싸며 중얼거렸다.

네, 참새요. 얘가 우리 닭들 사료를 자꾸 훔쳐 먹어서요. 사료 값도 비싼데 쫓아내도 계속 와요. 진짜 매일 와요.

그래서?

혼내주려고 잡았죠.

잡았다고? 어떻게?

잠자리채로요.

그걸로 새도 잡아?

왜 못 잡아요. 비둘기도 잡고 쥐도 잡고 다 잡아요. 우리 닭들은 저밖에 없어요. 제가 보살펴줘야 해요.

그애는 단호한 눈빛으로 참새를 쏘아본 뒤 조심스레 손을 펼쳤다. 절대 오면 안 돼, 다시는 오지 마, 하는 그애의 외침이 참새와 함께 날아올랐다.

돌아오는 길에 선희는 특이한 애라고, 신기한 애라고

중얼거렸지만 그애에 대해 오래 생각하진 않았다. 그럼에도 그날 이후 아이는 전보다 더 자주 눈에 띄었다. 어느 이른 아침에 그애는 울긋불긋한 모자로 얼굴의 반 이상을 가린 할머니들과 밭고랑을 걷고 있었고, 어느 오후엔 노인용 사륜 전동차 뒤에 매달려 마을을 빠져나가고 있었다. 마을회관 앞에서 공무원으로 보이는 사람들과 대화를 나누고, 커다란 개 두마리를 끌고 시끌벅적하게 산책을 하기도 했다. 선희가 읍내 마트에 들렀던 날에 그애는 창이 큰 읍내 미용실 한쪽에 앉아 티브이를 보고 있었고, 비가 오는 어느 오후엔 읍내에 딱 하나뿐인 농협 건물 앞에서 자매로 보이는 누군가와 장난을 치고 있었다.

정말이지 그애는 어디에나 있었다.

선희가 그애와 다시 만난 건 열흘쯤 지난 어느 오후였다. 마당에서 작은오빠와 다소 격앙된 통화를 막 끝낸 뒤였다. 어떻게 알았는지 작은오빠가 대뜸 전화를 걸어와 집을 내놓았냐고 물었고, 선희는 그 질문을 공격으로 받아들였다. 왜 돈이 필요한 거냐고 묻는 오빠의 다음 질문은 비아냥거림으로, 아버지의 동의를 구했냐는 질문은 협박으로, 도대체 무슨 생각을 하고 있냐는 질문은 힐난으로 해석했다. 선희는 준비가 되어 있었다. 오빠의 말을 곡

해하고 물리칠 준비가, 언제든 상대를 탓하고 원망하고
비난할 준비가.

선희의 말은 울먹거림과 고성 사이를 오가다 알아들을
수 없는 웅얼거림처럼 변해버렸다. 잠자코 있던 오빠는
전화를 끊기 전 낮은 목소리로 한마디했다.

선희야, 너도 이제 곧 마흔이다. 너 어린애 아니야.

그리고 그애가 나타난 거였다.

안녕하세요!

그애는 대문 앞에 서서 고개를 숙였다. 어쩐지 과장된
듯한 목소리가 어색하게 느껴졌는데 다시 보니 아이 뒤편
에 카메라를 든 누군가 서 있었다. 그애는 그 사람을 돌아
본 뒤, 선희와 다시금 눈을 맞추었다. 그 눈빛 속에서 어떤
절박함과 간곡함이 잠깐 떠올랐다.

안녕하세요!

그애가 신호를 주듯 다시 인사했고, 이번엔 그녀가 화
답하듯 쾌활하게 대꾸했다.

그래, 안녕.

카메라를 든 청년이 고개를 까딱하곤 대문 안으로 들
어왔다. 그런 후에 그녀 쪽으로 카메라를 돌리며 물었다.

민지가 여기 자주 오나요?

민지요? 아, 네. 가끔요. 가끔 와요.

얼떨결에 대답하면서 그녀는 그애의 이름이 민지라는 것을 알아차렸다.

민지는 어떤 아이예요? 보면 어떠세요?

민지는 씩씩하죠. 일단 겁이 없고. 아니, 제 말은 용감하다는 뜻이에요. 이것저것 잘하거든요.

다시금 얼떨결에 그렇게 답하고 나자 그애와 가까워진 느낌이 들었다. 그것은 착각임이 분명했으나 조금 전 오빠와의 통화가 드리워놓은 그늘을 얼마간 밀어내기엔 충분했다. 선희는 그 대답이 어째서 자신의 마음 한 부분을 환하게 만드는지 알 수 없었다.

대답해주서서 감사해요. 저희가 지금 촬영 중이거든요. 방송에 나와도 괜찮으세요? 지역 방송이긴 한데 불편하시면 얼굴은 거의 안 나오게, 목소리만 넣어서 편집할 수 있어요.

네, 얼굴은 안 나오게 해주세요.

선희는 나중에 그애에게 무슨 촬영이었는지 물어야겠다고 생각했지만 그러지 못했다. 그애는 언제 어디서나 볼 수 있었지만 정작 선희에게 말을 걸고 대화를 이어나갈 여유가 없는 탓이었다. 그녀는 작은오빠를 편드는 듯한 큰오빠와 답이 없는 통화를 여러 차례 반복해야 했고, 터무니없는 조건으로 시골집을 임대하라는 얌체 같은 중개사무소 사람들과 실랑이를 벌여야 했다. 인터넷에 올린 매매 글에 어이없는 댓글이 올라오면 이름도 얼굴도 모르는 누군가와 소모적인 언쟁을 벌이기도 했다. 스스로 생각해도 가망이 없는 이 집의 장점을 그럴듯하게 꾸며내는 데에는 인내심이 필요했고, 오기와 고집 같은 것들이 자기연민 쪽으로 쓰러지지 않도록 주의를 기울여야 했다.

며칠 뒤 읍내 마트에 들러 맥주를 사 오는 길에 선희는 그애, 민지를 다시 봤다. 오가는 차가 거의 없는 4차선 도로는 탁 트여 있었으나 그 너머로 다가오는 일년 뒤, 이년 뒤를 바라보는 선희의 눈에는 초점이 없었다. 그래서 과속방지턱 두개를 연달아 지난 다음에야 저 앞 도로변을 걷는 누군가의 뒷모습을 발견했다. 속도를 줄이자 작대기로 바람을 휘휘 가르며 걷는 사람이 민지라는 걸 알아볼 수 있었다. 선희는 가볍게 경적을 울리고 차를 세운 뒤 조수석 창문을 열고 물었다.

어디 가니?

그애는 물끄러미 그녀를 바라볼 뿐 이렇다 할 대꾸가 없었다. 평소와 달리 생기가 느껴지지 않는 그애의 얼굴은 낯설어 보였다.

집에 가는 거면 탈래? 싫음 말고.

그러자 민지는 망설임 없이 차에 올랐다. 한동안 멍하니 앞을 내다보던 그애는 한참 만에 입을 열었다.

아줌마, 이 길로 계속 가면 뭐가 나와요?

글쎄. 계속 가면 서울까지 가겠지.

아줌마, 서울에서 왔어요?

응.

선희는 아버지를 비롯한 주변 사람들에게 서울이라고 말하곤 했던 그곳이 실은 경기도 인근의, 고향 마을과 별 차이가 없는 시골 동네였다고 누구에게도 털어놓지 않았다. 형편과 사정을 핑계 삼았지만 실은 서울 안으로 들어갈 엄두가 나지 않았다는 말도, 삶을 내던질 만한 결단을 내릴 용기가 없었다는 말도 꺼내본 적이 없었다.

거기 왜 갔어요? 성공하려고 갔어요, 아줌마도?

아니, 성공하려면 더 멀리 가야지. 미국이나 영국이나 그런 데. 아예 돌아오기 힘든 곳으로 갔어야 했어. 진짜 더 멀리 갔어야 했는데.

선희는 말을 멈추고 음악을 틀었다. 아이의 질문이 묘하게 핵심을 건드리는 듯했고, 자칫하면 누구에게도 말하지 않은, 심지어 자기 자신조차 모르는 어떤 진심이 튀어나올 것 같아서였다. 아이는 틀림없이 구닥다리로 들릴 법한 노래에 귀를 기울였다. 그러다 돌연 혼잣말을 했다.

난 안 믿어. 그런 거 다 거짓말이야.

혼잣말이었지만 선희에게 들릴 만큼 목소리가 컸다.

뭐라고 했니?

선희가 묻고 민지가 답했다.

멀리 가봐야 좋지도 않아요.

왜, 그걸 어떻게 알아?

알죠. 서울에 살아봤으니까요.

지금은 도망가고 없는 부모가 민지네 세 자매를 데리고 서울에서 몇년 살았다는 건 고씨에게서 얼핏 들은 적이 있었다. 어릴 적이라 기억나는 게 거의 없을 텐데도 딴에는 그 시절이 꽤 괴로웠던 모양이라고, 선희는 잠깐 생각하고 말았다.

5월 중순에 접어들면서 날은 조금씩 더워졌다.

선희는 꾸준히 집 매매 글을 인터넷에 올렸다. 5월 마지막 주에 젊은 부부가 집을 보러 왔다. 6월 초에 중절모를 쓴 남자가 왔고, 6월 말에 또 한 사람이 오기로 했으나 끝내 나타나지 않았다. 드문드문 이어지던 전화 문의도 그 무렵엔 뜸해졌다. 아버지와 오빠들에게 복수하듯 기필코 이 집을 팔고 말겠다던 악착같은 마음에도 서서히 힘이 빠지고 있었다.

7월 첫째 주 월요일, 선희는 고씨 집 마당에 주차된 낯선 차를 보고 담벼락 너머로 고개를 내밀었다가 집 안에서 나오던 여자와 눈이 마주쳤다.

누구세요?

선희가 물었고, 여자가 답했다.

이 집 며느리예요. 근데 이사 오셨어요? 원래 그 집에 어르신 한분이 계셨던 걸로 아는데.

아, 저희 아버지예요.

두 사람은 낮은 담을 사이에 두고 어정쩡한 자세로 대화를 이어나갔다. 선희가 며칠 동안 만나지 못한 고씨의 안부를 묻자 여자가 답했다.

아, 어머님 수술하러 가셨어요. 허리가 아파서. 지금 병원에 계세요.

그럼 수술하고 다시 오시는 거예요?

모르겠어요. 상태를 일단 봐야 하는데, 어렵지 않을까 싶어요.

민지가 온 건 그 여자가 떠나고 얼마 지나지 않아서였

다. 비가 오려는지 날이 흐렸다. 선희가 캔맥주를 챙겨 파라솔 아래 자리를 잡았을 때 반쯤 열어둔 대문 앞에 그애가 모습을 드러냈다.

아줌마, 고씨 할머니 어디 갔는지 아세요?

가쁘게 숨을 몰아쉬는 민지의 양손에 하얀 상자가 들려 있었다. 땀에 젖은 앞머리가 이마에 딱 붙은 탓에 무뚝뚝한 아이의 인상이 어딘가 익살스러워 보였다.

병원에 허리 수술하러 가셨대.

수술하러요? 그럼 언제 오는데요?

못 오실 수도 있다고 그러던데?

누가요?

그 집 며느리가.

순간적으로 민지의 얼굴에 한번도 보지 못한 표정이 떠올랐다. 아이는 곧장 고개를 숙였지만 배어나오는 실망감이 다 감춰지진 않았다.

왜, 할머니한테 볼일 있니?

선희가 자리에서 일어나며 물었다.

이거 갖다드리려고요.

뭔데, 그게?

청란이요.

아, 그걸 가져온 게 너구나. 그럼 나한테 줘. 할머니 오시면 내가 전해줄게. 아님 내가 먹어도 되고.

이거 파는 건데요.

파는 거라고?

아줌마가 사줄래요?

선희가 들어오라는 손짓을 하자 민지가 조심스레 대문을 넘었다. 그런 후엔 결심한 듯 성큼성큼 다가와 파라솔 테이블에 상자 두개를 내려놓았다. 상자 하나를 열자 푸르스름한 청란 열개가 가지런하게 놓여 있었다.

이 두개는 지금 닭장에서 꺼내온 거예요. 만져보세요.

선희는 아이가 건넨 청란 두알을 받아 들었다. 따뜻했다. 그건 바깥의 열기와는 무관한, 내부에서 만들어져 흘러나오는 온기였다. 아니, 바깥에서 불어넣지 않았다면 결코 생겨나지 못했을 온기인지도 몰랐다.

어르신이 이걸 샀던 거구나. 얼마니?

열개 만원이요. 모르는 사람들은 비싸다고 할 때도 있는데요. 이건 그냥 계란하곤 차원이 다른 거예요.

그래? 잠깐만 기다려.

선희는 지갑을 가지러 집 안으로 들어가며 청란을, 그 청란이 품고 있는 온기를 떠올렸다. 그러나 왜 그것이 돌

연 마음을 뭉클하게 하는지, 왜 당혹스럽고 부끄러운 감
정을 불러오는지에 대해선 깊이 고민해보지 못했다. 그것
이 자기 삶에는 없다고 여겼던, 스스로 감쪽같이 지워버
렸던 누군가의 보살핌과 애정 같은 것을 일깨웠다는 사
실을 안 건 시간이 더 흐른 후였다. 그러니까 그녀가 이곳
을 떠날 때 동력으로 삼았던 원망과 미움이 옅어지고, 그
아래 자리한 것들이 비로소 모습을 드러내기 시작한 거
였다.

선희는 지갑에 있던 다섯장의 지폐 중에 구김이 가장
적은 것을 골라 아이에게 건넸다.

맞다. 그때 촬영하던 그 방송은 뭐였어? 지난번에 나한
테 인사했던 날. 방송국 사람이랑 같이 왔잖아.

민지는 엉뚱한 말을 했다.

아줌마, 근데 저 와이파이 쓰게 해주면 안 돼요?

그런 후엔 재빨리 다른 상자를 열며 한마디 더 했다.

대신 이거 두알 줄게요. 아니, 세알 더 줄까요?

그걸 받을 마음이 없으면서도 선희는 잠자코 아이의
말이 끝나길 기다렸다가 물었다.

그것도 배달하는 거 아니야?

아, 괜찮아요. 몇개 빠진 건 담에 갖다주면 되거든요. 아

무도 뭐라고 안 해요. 여기 할아버지도 뭐라고 안 했어요.

여기?

네. 여기 살던 할아버지요.

여기 살던 할아버지가 이걸 샀어? 청란을?

네. 엄청 좋아하셨어요. 근데 할아버지는 언제 와요?

그날 저녁, 선희는 기름을 넉넉히 두른 팬에 청란 두개를 구웠다. 그러곤 비가 내린 뒤라 약간은 서늘함이 감도는 파라솔에서 홀로 저녁을 먹었다. 이따금 새소리와 풀벌레 소리가 아주 가깝게 들렸지만 더는 울적하거나 처량한 기분이 들지 않았다. 선희는 땀이 날 정도로 열중해 식사를 마친 뒤, 기분 좋은 포만감 속에서 휴대폰을 열었다. 그리고 자신의 일기장이나 다름없는 채팅방에 짧은 문장을 남겼다.

— 청란이 한알에 천원. 먹어보면 진짜 하나도 안 비쌈.

달걀 껍데기의 균형감각

정주아

1. 작가의 일

김혜진 작가의 작품을 좋아하는 독자라면 이미 알고 있겠지만, 그녀는 2012년 등단한 이래 마치 시간과 다투 듯 쉬지 않고 작품을 써내는 중이다. 『달걀의 온기』는 네 번째 소설집이며, 이에 앞서 세권의 소설집에 묶인 단편 소설을 제외하고도 중장편소설만 해도 2~3년 간격으로 6편을 발표했다. 그러니까 그녀에게 소설쓰기란 문자 그 대로, 숨 쉬며 살아가는 일상처럼 늘 진행되는 중이다. 작 품은 자연히 작가를 닮는다. 작가의 눈높이는 매순간 맞 닥뜨리기 마련인 일상 최전선의 다양한 고민들에 맞추어 있다. 『딸에 대하여』(민음사 2017)는 요양보호사로 일하며 남을 존중하는 태도를 놓아본 적이 없는 어머니가 딸의 여성 연인 앞에서는 주저하는 상황을 그린다.『9번의 일』(한겨레출판 2019)은 권고사직을 거부한 비정규직 노동자가 수차례 변경되는 업무를 감내하며 밀려나는 과정을 따라간다.『불과 나의 자서전』(현대문학 2020)에서는 편의상 그어놓은 행정구역이 저개발지역에 대한 멸시와 겹쳐지면서 주민들이 심리적 고통을 겪는 모습을 들여다본다. 어디에도 아주 예외적인 삶을 사는 사람의 이야기는 없다. 평범하다고 표현할 수밖에 없는 사람들과 그들의 마음에 대한 이야기이다.

젠더, 노인, 일자리, 주거 등 김혜진의 중장편소설 일부만을 살폈을 뿐이지만 어느 하나 가벼운 이슈가 없다. 정치사회적인 면에서도 최대의 관심사로 꼽히는 문제들이다. 이 문제들을 소설의 제재로 끌어오는 작가의 태도에는 '현실에 관심을 기울인다'라는 말 정도로는 부족한 무엇이 있다. 소설집『달걀의 온기』에서도 뚜렷하게 나타나는 그것은 깊은 염려를 대단히 절제된 방식으로 표현하는 태도이다. 따뜻한 격려임이 분명한데도 동시에 일정한 거리두기를 포기하지 않는다. 서로 상반된 반응이 함께 어울려 있는 이 태도에 익숙해진다는 것은 작가 김혜진에게 익숙해진다는 뜻도 된다. 왜 이렇듯 신중하고 조심스러울 수밖에 없을까. 소설의 제재가 현실적으로 해결이 쉽지 않은 사회적 쟁점들이라는 점도 감안해야 하겠지만, 적어도 김혜진의 소설에서는 그보다 더 중요한 이유가 있다.

평범하다는 것은 평면적이라는 말과는 다르다. 오히려 우리의 일상은 백만가지의 평범함이라고 할까, 역설적인 듯하지만 저마다의 사연과 표정을 지니고 있어 어느 하나 같다고 할 수 없는 평범함들이 어울리면서 이루어진다. 작가의 일이란 젠더, 노인, 일자리, 주거 같은 키워드에 의해 추상적으로 뭉개진 대상에 생생한 얼굴과 삶의 사연들을 부여하는 것이며, 그래서 저 평범함이라는 것이 얼마나 풍부한 양태로 이루어진 것인가를 드러내는 것이다. 평범함을 평면성에서 분리해내는 일은, 평범함을 전제로 평범하지 않은 스토리를 주조해내는 것보다 어렵다. 김혜진의 소설에는 격렬한 사랑이나 열병에 들뜬 방황 같은 것이 없다. 먹고사는 일, 즉 지구의 중력만큼이나 버거운 과제를 짊어지고 하루하루 살아가는 사람들이 주인공인 까닭이다. 그리고 그 하루의 살아냄이 얼마나 고단한 것인가를 그려내는 것이 김혜진의 소설이다.

평범한 생활 속에 쌓여 있을 시간의 더께를 알아보는

작가는 절로 신중하고 조심스러울 수밖에 없다. 지금 이 순간, 저 얼굴로 이곳에 서 있기까지 상대가 감내했을 시간에 대해, 그리고 앞으로 감내할 시간에 대해 섣불리 짐작할 수도 간섭할 수도 없기 때문이다. 어쩌면 이런 조심스러움은 비단 인간 존재에게만 해당되는 것은 아니겠다. 지나가는 길고양이에게 혹은 잎을 틔우는 나무에게도 시간은 공평하게 흐르고 있기에. 이렇듯 오롯이 늘여 있는 살아감의 영역 앞에 서면 말이 무력해지고, 누구도 뭐라 간섭할 수 없는 상태가 된다. 그러나 동시에 살아감의 수고로움과 대견함에 대한 경외를 표하지 않을 수 없다. 김혜진의 글쓰기는 고단한 삶을 응원하고 지지해야 한다는 작가적 책임감에서 나온다. 소설집 『달걀의 온기』를 따라 읽는 동안 우리는, 한 존재가 홀로 감당해온 영역에 함부로 발을 들이지 않으면서도 따뜻한 응원을 보내는 작가를 계속해서 만나게 될 것이다.

2. 달걀 껍데기의 균형감각

출생과 죽음이라는 양극단을 제외하면 한 인간의 삶은

모두 우연의 연속이다. 태생, 성장 환경, 타인과의 만남 등 모든 것이 우연이지만 그 일들을 필연으로 받아들여야만 삶이 이어질 수 있다. 경우의 수조차 예측할 수 없는 삶을 끌어안고 한 걸음씩 나아가는 존재들을 대견하고 안쓰럽게 바라보는 시선은 소설집 『달걀의 온기』의 밑바탕을 이룬다.

소설집의 표제작 「달걀의 온기」에 등장하는 공동양육의 현장은 좋은 예가 될 것이다. 선희는 투자 사기를 당하고 살림이 어려워지자, 요양원에 머무는 아버지가 비워 놓은 주택을 선점하려 고향에 돌아온다. 그녀에게는 망쳐진 자신의 삶을 아버지나 오빠들이 보상해야 한다는 울분이 있다. 선희는 중년이 되도록 변변한 직업이나 재산이 없는 자신의 처지를 비관한 나머지 자신을 방치한 부모와 이웃 모두에게 그 책임을 돌린다. 이러한 그녀를 바꿔 놓은 것은 무책임한 부모가 조모에게 버리듯 떠맡기고 떠난 후 사실상 방치된 것이나 다름없는 열한살 남짓한 소녀 민지이다. 아이에게 선희는 미묘한 동질감을 느낀다. 허름한 옷차림과 다른 다부진 태도가 "바꿀 수 없는 자신의 태생을 인정하는 데서 오는 일종의 체념에 가까운 감각"(211면)이라는 사실을 본능적으로 감지한다. 닭을 손수

돌보고 달걀을 팔아 용돈을 버는 일에 골몰하는 민지는, 세상의 모든 이를 적으로 돌리는 선희의 공고한 자기연민의 벽에 균열을 낸다. 선희는 이웃집 고씨 할머니가 자신에게 선심을 쓰듯 내어준 청란이, 실은 민지에게 용돈을 주며 구입한 것이라는 사실을, 심지어 달걀을 싫어하던 자신의 아버지조차도 민지의 청란을 구입했다는 사실을 알게 된다.

선희는 아이가 건넨 청란 두알을 받아 들었다. 따뜻했다. 그건 바깥의 열기와는 무관한, 내부에서 만들어져 흘러나오는 온기였다. 아니, 바깥에서 불어넣지 않았다면 결코 생겨나지 못했을 온기인지도 몰랐다.(233면)

병원에 입원한 고씨를 대신해서 청란을 구입한 선희는 이제 민지를 공동으로 양육하는 현장에 참여한 셈이다. 불행한 유년기를 탓하면서 사실상 어른-아이의 모습으로 과거에 매여 있던 선희는 비로소 세상과 더불어 성장하기 시작한다.

세상의 '민지들'에게 주어진 신산한 하루의 풍경은 「관종들」에도 담겨 있다. 이 소설은 추운 날씨에 얇은 옷을 입고 아파트 탁에 방치된 아이들을 그냥 지나치지 못한 정해 부부의 시선에서 쓰였다. 평소 오지랖 넓고 유별난 사람으로 취급받는 정해 부부는 이번에도 따가운 시선을 받을 줄 알면서도 아이들의 부모를 경찰서에 신고한다. 사실 정해 부부는 아이들을 보며 사고로 장애를 입은 외동딸을 떠올린 것이다. 버스 차고지를 기웃거리는 어린 딸에게 누군가 주의를 기울였더라면 그런 비극은 없었으리라는 회한이 그들에겐 남아 있다. 그러므로 「달걀의 온기」에 등장하는 민지의 건강한 현재는 정해 부부나 선희의 고향 사람들처럼 염려할 용기를 낸 이들의 보살핌 덕에 가능해진 것이다.

그러나 무엇보다도 김혜진만의 독특함이 드러나는 대목은 동네 사람들이 민지의 달걀을 개수에 맞추어 '구입했다'는 행위에 있을 것이다. 그냥 용돈을 주는 것이 아니라, 당장 필요하지도 않고 심지어 싫어하는데도 일부러 노동의 대가라는 형식으로 민지의 홀로서기를 응원했다는 사실이다. 이는 장차 아이가 홀로 끌고 나갈 삶에 대한 배려이자, 아이가 홀로 가꿔나가는 삶에 대한 암묵적인 응원이다. 장차 야격의 세계로 나아갈 아이를 위해 자신이 거주할 단단한 세계를 만들도록 내버려두되, 드러나지 않게 관조하면서 홀로 지치지 않도록 지켜보는 일이다. 이른바 달걀 껍데기의 균형감각이라 할까, 자기 세계와 바깥 세계가 만나 이루어지는 아름다운 힘의 균형이 돋보이는 대목이다.

이렇듯 적당히 거리를 두고 지친 삶에 응원을 보내는 내용의 서사는 비단 어린아이가 등장하는 이야기에만 적용되는 것은 아니다. 세상에는 수많은 어른-아이들이 있다. 「푸른색 루비콘」은 다시금 새로운 삶에 적응해야 하는 노인에게 보내는 '무언의' 응원이다. 칠순에 가까워진 손경수는 아내를 잃고 세상과 단절된 상태가 된다. 집 안에만 머무는 부친을 걱정하는 자식 때문에 노인 대상의 강좌를 이것저것 기웃거리지만 지친 나머지 "새로운 사람을 만나고 관계를 맺는 일이 꼭 필요한가"(94면) 되물으며 포기하려는 참이다. 마지막이라는 심정으로 참석한 성경 읽기 모임에서 그는 추레한 행색의 양봉업자를 만난다. 양봉업자의 초라한 작업장은 그가 교회에서도 얻지 못했던 영혼의 안식을 얻는, 그야말로 일상에서 우연하게 열린 은혜의 공간이 된다. 양봉업자를 향해 그간의 마음고생을 털어놓으며 그가 고해성사를 치르고 깨달음을 얻는 현장은 다음과 같이 그려진다.

남자는 멀찌감치 서서 그를 돌아보았지만 별다른 반
응을 보이지 않았다. 그의 말을 듣지 못한 모양이었다.
그는 생각했다.
아내는 아무도 만날 수 없고, 만날 필요도 없는 곳으
로 간 거라고. 마침내 홀로 머무를 수 있는 먼 곳으로
떠난 거라고.(99~100면)

그가 털어놓는 진심은 아무도 듣지 못한 채로 그냥 흘
러간다. 자기 세계를 가꾸는 데 여념이 없는 남자는 손경
수가 털어놓는 속내에는 별로 관심이 없다. 교회가 아닌
일상에서 우연히 끼어든 그의 신은 고뇌를 털어놓을 자리
만 마련해주었을 뿐 그 내용엔 별 관심이 없다. 이 장면은
김혜진의 소설이 자기연민에 갇혀서 좀처럼 밖으로 나오
지 못하는 이들에게 보내는 묵언의 응원, 혹은 등 돌린 채
보내는 따뜻한 격려라는 사실을 상징적으로 보여준다. 그
결과 지금껏 아내에게 기댄 채 살아왔던 손경수는 자기의
삶을 끌고 간다는 것이, 진짜 일을 한다는 것이 무엇인지
를 깨닫게 된다. 뒤늦게 자신을 똑바로 바라보게 된 손경

수가 지금부터 어떤 식으로 살아갈 것인지는 알 수 없다. 삶은 오로지 그의 몫이다.

3. 촉각의 언어

『달걀의 온기』의 미덕은 소외 아동에 대한 관심이라든가 노인의 여가 지원 같은 제도적 그물망으로도 잡을 수 없는 현실의 작동 방식을 끝까지 밀고 나간다는 데에 있다. 작가는 그동안 제도적인 틀이 존재한다거나 윤리적으로 당연한 논의라고 해서 모두가 똑같이 생각하지는 않는다는 사실을 지속적으로 이야기해왔다. 「관종들」은 이러한 문제의식을 뚜렷하게 보여주는 소설이다. 아파트 공동 보행로를 확보하라든가, 추운 날씨에 방치된 아이의 부모를 확인하라든가 하는 정해 부부의 의견은 틀린 말이 없음에도 그들은 성가시고 유별난 '관종'으로 취급받는다. 이쯤 되면 어디부터가 오지랖이고 어디부터가 당위인지 모호한 지점에서 뒤섞여버리는 것이 현실인 것이다. 이때 현실이란 아무리 제도가 작동하고 있어도 모든 일은 인간 사이의 관계 맺기를 피할 수 없다는 의미를 함축한다. 결

국 타인의 삶에 대한 예의, 타인과의 관계에 대한 존중이
라는 기본적인 태도의 문제가 가장 큰 걸림돌로 남게 되
는 것이다.

　나와 타인의 관계 맺기라는 관점으로 본다면 흥미롭게
도 이 소설집에는 타인과 진심을 담은 이야기를 나누는
장면이 거의 없다. 자기연민에 빠진 인물들의 말은 기본
적으로 모놀로그의 형식을 띤다. 앞서 읽어본 「달걀의 온
기」의 선희는 가족과 전화로 소통하지만, 자신의 울분을
풀어내고 상대의 말을 곡해하는 방식으로만 대화할 수 있
다. 문자 메시지도 혼잣말의 수단이긴 마찬가지이다. 주
식 투자를 유도하고 사라진 뒤 응답이 없는 상대에게 그
녀는 돈을 되찾겠다는 의지를 보여주기 위해 지속적으로
메시지를 보낸다. 일방적으로 쏟아내는 말의 단적인 사례
는 「하루치의 말」에서도 찾을 수 있다. 주인공 애실은 흐
르는 시간 속에 되는대로 자신을 놓아버린 인물이다. 그
녀는 이혼한 부모 탓에 겪었던 불행한 유년기에 대한 자
기연민에서 벗어나지 못한다. 자포자기한 채 살아가던 그
녀는 자신에게 호의를 보이며 다가온 친구 현서를 만나자
그간의 침묵을 보상받듯 자신의 사연을 쏟아놓는다. 이
관계가 사업투자자를 모집하기 위한 현서의 인내에 의해

가능했다는 사실은 소설 말미에서야 폭로된다. 자신의 진심을 이해해줄 것이라 믿었던 현서에게 애실은 차갑게 거부당하고 만다.

자기연민으로 인해 고립된 인물이 아니더라도 상황은 비슷하다. 저마다 부딪힌 삶의 위기 국면에서 이들은 스스로 깨우치고 각성한다. 앞서 「푸른색 루비콘」의 주인공이 혼자 자신의 사연을 털어놓는 장면은 이미 살펴보았다. 「우연의 직조」에서는 심지어 사람이 아니라 미술 전시품인 구체가 묵언의 대화 상대로 등장한다

말이든 글이든, 어떤 형태를 입고 바깥세상에 생겨난 언어는 일종의 물성(物性)을 갖는다. 누군가의 심장을 아주 아프게 찌르기도 하고, 잔뜩 움츠렸던 어깨가 쫙 펴질 만큼 누군가를 다독이기도 한다. 이런 면에서 본다면 언어는 다만 말하고 듣는 혹은 쓰고 읽는 기능적 행위가 아니다. 의사소통에서 온몸은 언어를 받아들이는 촉수 덩어리가 된다. 언어를 다루는 작가들이 이러한 사정에 둔감할 리 없다. 언어가 촉각으로 수용된다는 맥락에서 본다면, 이 소설집에 타인과의 대화가 거의 등장하지 않는 사정도 이해가 된다. 상처받은 이들이 뱉어내는 날카로운 언어를 혹은 불행을 가득 품은 언어를 받아내는 건강한 몸을 등

장시킬 만큼 세상이 낙관적이지는 않기 때문이리라.

민지는 씩씩하죠. 일단 겁이 없고. 아니, 제 말은 용
감하다는 뜻이에요. 이것저것 잘하거든요.
다시금 얼떨결에 그렇게 답하고 나자 그애와 가까워
진 느낌이 들었다. 그것은 착각임이 분명했으나 조금
전 오빠와의 통화가 드리워놓은 그늘을 얼마간 밀어내
기엔 충분했다. 선희는 그 대답이 어째서 자신의 마음
한 부분을 환하게 만드는지 알 수 없었다.(227면)

「달걀의 온기」에 등장하는 위의 구절은 언어가 어떤 방
식으로 누군가를 쓰다듬고 보듬는지를 보여준다. 이름조
차 몰랐던 한 아이를 돕기 위해 얼떨결에 꺼낸 칭찬은 발
화자인 선희의 마음에 쌓였던 그늘을 밀어내고 환하게 만
든다. 상대를 향한 말이 자기를 되비추는 말이 되어 다시
돌아온다는 것, 촉각의 언어가 갖는 이러한 방향성에서
어떤 희망을 읽어낼 수는 없을까.
방법은 간단하다. 상대를 향해 건넨 말이 도리어 나의
마음을 위로하는 것이라면 선의를 과장할 필요 없이 나를
위한 말을 건네면 된다. 나의 삶에 기울인 노고와 가치를

인정받고 싶다면 남의 삶도 딱 그만큼 존중하면 된다. 이 것이 세상과 관계를 맺기 위한 언어의 기본이다. 나에게 돌아오는 혐오나 멸시를 참을 수 없다면 남에게도 그만큼 적용하면 될 일이다. 가령, 타인에 대한 깍듯한 예의를 담은「빈티지 엽서」의 한 장면처럼 말이다.

그럼에도 그녀는 여자의 과거를, 미래를, 인생을 현재의 형편 안에 가둬두지 않았다. 자신이 그런 것처럼 여자에게도 지금보다 더 환한 시간들이 있었고, 또 있을지도 모른다고 믿었다. 그건 그녀가 타인에 대한 예의를 잃지 않는 방식 중 하나였다.(55면)

이 소설의 화자는 변변찮은 삶에 갇혀 산다는 자의식에서 벗어나기 위해 타인이 멋진 삶을 살았다는 생각을 하기로 했다. 상대를 따뜻하게 만져주는 촉각의 언어는 결국 나를 쓰다듬는 위로의 말이 되어 돌아온다. 그 따뜻함의 기원은 나에게서 나온 것이기도 하고, 밖에서 나에게 전해지는 것이기도 하다.

4. 다시, 출발선으로

김혜진이 그려내는 우리의 삶은 어느 것 하나 녹록한 것이 없다. 일하며 사는 삶도, 나의 세계를 다지며 사는 삶도, 그리고 남과 관계를 맺으며 사는 삶도. 사람들의 얼굴은 그런 삶과 싸우면서 특유의 표정을 얻는다. 『달걀의 온기』는 그중에서도 체념과 자포자기로 그늘진 얼굴들에 마음을 쓴 소설집이다. 작가는 먼발치에서 이들을 관조하되 방치하지 않는다. 섣불리 개입하지 않으면서 스스로 마음을 정리하고 진창에서 빠져나올 때까지 기다리는 방식을 택한다. 마치 야생에 둥지를 튼 어미 새처럼 장차 이들이 겪어야 할 난관을 당장의 낙관으로 가리지 않으면서, 그럼에도 홀로 있다는 느낌에 압도되어 두려워하지 않도록 지켜본다. 안으로 자꾸만 쪼그라드는 몸을 바깥으로 돌려세워 다시 세상으로 나오도록 응원한다. 그녀가 응원하는 사람들은 마냥 선량하거나 정의로운 인물들이 아니다. 적당히 계산적이며 이기적이다. 누군가에게 실수를 저지르고 남에게 불편한 사람으로 인식되는 경우도 있다. 작가는 이들에게 도덕군자가 되라 말하지 않는다. '십자가 주변의 검은 얼룩' 같은 삶이어도 상관없다. 다만 자신의 삶에 지지 않고 씩씩하게 홀로서기에 성공하라 말한다. 어떤 설득의 말도 없는 소설이 체념을 딛고 삶을 끌고 갈 단단한 마음가짐에 대해 생각해보도록 만든다는 것은 이상한 일이다. 그 힘은 어디에서 오는 것일까. 물론 그것은 작품의 내부에서 생겨나는 것이겠지만, 그 이야기를 끌고 가는 작가 자신의 꾸준한 노동이 아니었다면 생겨나지 않았을 힘인지도 모른다.

鄭珠娥 | 문학평론가

언젠가 독자에게 이런 질문을 받은 적이 있다.

당신이 쓴 소설 속 인물들이 앞으로 어떻게 살아가게 될 것 같냐고.

소설을 끝내고 나면 그다음에 관해선 거의 생각하지 않는 편이지만 그땐 이렇게 답했다. 내가 잘 지낸다면 그들도 잘 지낼 것이고, 내가 행복하다면 그들도 행복할 것 같다고. 왜 그런 답을 했는지 깊이 고민해보진 못했다.

돌이켜보니 그건 쓰는 이의 상황에 따라, 또 읽는 이의 형편에 따라 소설은 얼마든지 달리 쓰이고, 다시 읽힌다는 의미일 수도 있겠다는 생각이 든다. 요즘엔 '읽는 나'와 '쓰는 나', '사는 나'가 아주 가깝게 맞닿아 있다는 생각을 자주 한다.

지난 삼년간 썼던 이 소설들 또한 그러한 실감 안에서 태어난 이야기가 아닐까 싶다.

해설을 써주신 정주아 선생님께 감사드린다. 추천사로 따뜻한 우정의 마음을 보여주신 조해진 작가님께도 고마움을 전한다. 원고의 미진함을 살뜰히 매만져주신 오윤 선생님과 창비 편집부에도 고개 숙여 감사드린다. 알게 모르게, 또 멀게 가깝게 연결되어 있는 독자분들께도 안부를 전하고 싶다.

2026년 봄

김혜진

| 수록작품 발표지면 |

관종들 …… 문장 웹진 2025년 2월호

빈티지 엽서 …… 『악스트』 2024년 11/12월호

푸른색 루비콘 …… 『문학과사회』 2023년 여름호

하루치의 말 …… 『듣다』(열린책들 2025)

우연의 직조 …… 『자음과모음』 2024년 봄호

우리와 우리 아닌 것 …… 『창작과비평』 2025년 여름호

달걀의 온기 …… 『문학동네』 2024년 여름호(발표 당시 제목 '청란')

달�걀의 온기

초판 1쇄 발행 • 2026년 4월 8일
초판 2쇄 발행 • 2026년 5월 12일

지은이 / 김혜진
펴낸이 / 염종선
책임편집 / 오윤
조판 / 황숙화
펴낸곳 / (주)창비
등록 / 1986년 8월 5일 제85호
주소 / 10881 경기도 파주시 회동길 184
전화 / 031-955-3333
팩시밀리 / 영업 031-955-3399 · 편집 031-955-3400
홈페이지 / www.changbi.com
전자우편 / lit@changbi.com

ⓒ 김혜진 2026
ISBN 978-89-364-3993-4 03810